서울대
권장도서,
MBTI로 읽다

일러두기
—

* 외국 인명, 도서명, 지명 등은 국립국어원의 외래어 표기법을 따랐으나, 예외성을 두어 대중적으로 사용되는 용어로 표기한 경우도 있다.

서울대
권장도서,
MBTI로 읽다

임수현 지음

différance

MBTI로 고전에 대한
심리적 장벽을 낮추다

소설이 재미있는 이유는 뭘까요? 아마도 다양한 인물 군상을 접할 수 있기 때문일 겁니다. 주변에서 쉽게 볼 수 있는 낯익은 인물에서부터 뉴스 혹은 영화에서나 접할 수 있는 낯선 유형의 인물에 이르기까지 다채로운 스펙트럼의 인생들을 손쉽게 간접 체험할 수 있는 통로가 바로 문학입니다. 책을 읽으면 세상을 바라보는 시야가 넓어지고 만물에 대한 이해가 깊어지는 주된 이유이기도 하지요.

다양한 캐릭터가 등장한다는 것은 동시에 소설의 독해를 어렵게 만드는 요인이기도 합니다. 서사가 진행될수록 새로운 인물들이 속속 등장하고 기존 인물들과 뒤섞이며 구도가 복잡해지기 때문입니다. 등장인물 각각의 이름과 성격과 행적도 가물가물해지고, '이 사람이 누구였더라?', 혹은 '그 사람이 저 사람인가?' 하며 헷갈리기도 하죠. 기억을 되살리기 위해 앞 페이지들을 뒤적거리다 보면 호흡을 놓쳐 버려 그만 흥미까지 잃게 되는 경우가 허다합니다.

그렇다면 접근 방식을 바꿔 보는 건 어떨까요? 단지 서사의 흐름을 좇기 위해 등장인물들의 정보를 수동적으로 암기하는 게 아니라, 한 명 한 명 직접 만나 대화하듯 적극적인 호기심을 가지고 접근해 보는 겁니다. 마치 새로운 친구를 사귈 때나 소개팅을 할 때처럼요. 누군가에 대해 관심이 생기고 궁금할 때엔 그 사람의 말투, 버릇, 성향, 눈빛, 제스처 등 사소한 단서들 모두가 중요하게 여겨지죠. 머릿속으로 여러 단서들을 입체적으로 재구성하고 각 인물들이 어떤 사람인지 능동적으로 파악하면서 책장을 넘기다 보면 서사에 자연스럽게 몰입하게 됩니다. 우리가 친한 친구들의 이름이나 성격을 기억하려고 굳이 애쓰지 않듯, 소설 속 인물들도 진짜 사람 대하듯 관심을 가지고 접근하면 암기하느라 스트레스받을 필요가 없습니다. 인물 간 관계를 파악하거나 서사의 흐름을 따라잡는 작업도 훨씬 쉽고 재미있어집니다.

소설 속 인물을 파악하는 데 있어서 MBTI는 유용한 도구입니다. 우리가 관심 가는 상대의 언행을 곱씹으며 '저 사람 MBTI가 뭘까?' 하며 궁금해하듯이 소설 속 인물들 역시 작가에 의해 제시된 대사와 행위를 기반으로 나름의 MBTI를 도출해 낼 수 있습니다. 외향/내향, 감각/직관, 감정/사고, 판단/인식의 기준을 조합하여 한 인물의 전반적인 성향을 파악할 수 있지요. 물론 정답은 없습니다. (특정 캐릭터가 해당 MBTI 전체를 대변하는 것이 아님에도 유의할 필요가 있고요.) 중요한 것은 MBTI 자체가 맞냐 틀리냐가 아니라 MBTI를 도출해 내기 위해 말과 행동을 분석하는 과정에서 얻을 수 있는 인물에 대한 이해일 것입니다. 행간의 작은 단서도 사소하게 넘기지 않고 인물의 성향과 연결 지어 생각하도록 만든다는 것은 MBTI라는 도구가 갖는 중요한 가치입니다.

여러 책들 중에서도 고전 문학은 인류사에 보편적으로 존재해 온 거의 모든 유형의 인물 군상이 망라되어 있는 귀중한 자료입니다. 시공간을 막론하고 오랜 시간에 걸쳐 두루 읽히고 검증된 고전을 MBTI라는 도구를 활용하여 살펴보는 건 그만큼 의미 있는 일일 것입니다. 이에 서울대학교 권장도서 100권 중 꼭 읽어야 할 문학 작품을 엄선하여 등장인물들의 성격과 관계를 MBTI로 분석해 보았습니다. 뿐만 아니라 각 작품의 역사적 배경과 맥락에 대한 해설을 덧붙여 작품 전반에 대한 보다 풍부한 이해를 돕고자 했습니다. 모쪼록 이 책이 고전에 대한 심리적 장벽을 낮추고 더 많은 책에 도전하게 하는 발판이 되었으면 합니다.

II 세계문학

I

한국문학

박씨전

작자미상

작품 해제

『박씨전』은 병자호란(1636~1637) 당시 청나라의 침략을 배경으로 하는 작품이다. 청의 군대가 파죽지세로 진격해 오자 수세에 몰린 조선은 굴욕적으로 항복하며 백성을 충격에 빠뜨린다. 두 달이 채 안 되어 끝난 짧은 전쟁이었으나 전란의 상처와 정치적 혼란은 컸다. 잇따른 외세의 침략으로 인한 민중의 불안과 초인적 영웅에 대한 갈망, 더불어 위기 극복 의지와 희망적 사고가 더해져 『박씨전』이라는 명칭의 고전소설이 탄생했다.

작품에는 17세기 조선 후기 사회의 시대상이 반영되어 있다.

조선 후기는 양반 중심의 신분제와 유교적 가부장제가 여전히 유지되면서도 누적된 사회적 갈등과 모순으로 인해 민중의 불만이 커지던 시기였다. 여성인 주인공 박씨가 위기에 맞서 주체적으로 활약하며 소극적인 남편을 계도하는 모습에는 기존의 양반 남성 중심의 사회적 구조에 대한 비판이 깃들어 있다. 이처럼 박씨라는 캐릭터에는 당대를 살아가던 민중의 소망과 이상, 그리고 새로운 가능성을 모색하는 비판 의식이 반영되어 있다.

줄거리

❖

조선 인조 때 좌의정을 지낸 이득춘이라는 재상에게 학문에 밝고 총명한 시백이라는 아들이 있었다. 어느 날 그의 집에 허름한 옷차림을 한 도인이 찾아와 하룻밤 묵기를 청한다. 금강산에 산다고 자신을 소개한 도인은 바로 박 처사로, 그는 아들 시백을 보고 영웅이 될 재목이라 칭송하며 자신의 딸과 결혼해 달라고 부탁한다. 이득춘은 박 처사의 청혼을 흔쾌히 승낙하고 아들 시백을 금강산에 데려가 박 처사의 딸과 혼인시킨다. 그러나 시백은 신부 박 씨의 외모를 보고 크게 실망한다. 그녀가 천하의 박색이어서다.

시백은 외모가 전부가 아니라는 아버지의 꾸중을 듣고 마음을 다잡으려 하지만 박 씨를 대면하기조차 쉽지 않아 한다. 이에 박 씨는 시아버지인 이득춘에게 청하여 후원에 피화당(避禍堂)을 짓고 그곳에 스스로 고립되어 지낸다. 박 씨의 현숙한 성품과 뛰어난 지성을 이미 간파한 이득춘은 외모로 인해 남편에게 박대당하는 며느리를 안타까워한다.

박 씨는 지혜와 지략을 발휘해 여러 가지 신묘한 일들을 선보인다. 천리마를 알아보는 혜안으로 재산을 불리는 한편, 꿈에서 본 벽옥 연적을 시백에게 주어 그가 장원급제 하도록 돕기도 한다. 시백은 박 씨의 능력에 감탄하며 고마워하면서도 여전히 그녀의 흉측한 외모에 꺼림칙함을 느낀다.

혼인한 지 3년이 되던 어느 날, 금강산 친정에 다녀온 박 씨는 아버지 박 처사의 도술로 허물을 벗고 절세가인으로 변신한다. 이에 가장 기뻐한 건 남편 시백이었다. 박 씨는 외모에 따라 손바닥 뒤집듯 태도가 돌변하는 남편의 경박함을 꾸짖고, 시백은 지난날의 어리석음을 자책하며 아내에게 진심으로 사과한다. 박 씨가 그를 용서하고 부부 금슬이 좋아져 쌍둥이 형제를 출산하는 경사를 맞이한다.

이 무렵 청나라의 왕이 용골대 형제로 하여금 3만의 병사를 거느리고 조선을 침략하게 하자 이시백이 임경업과 함께 이를 평정한다. 이에 호왕이 공주 기룡대를 파견해 원주의 기생 설중매로 속여 두 사람을 암살하고자 하나, 박 씨가 이를 미리 알아채고 물리친다. 그 후 박 씨는 오랑캐 군을 이끌고 한성부와 경기도 광주시에 침입한 용골대 형제에게 혼쭐을 내주고 물러가게 한다.

이로써 부부는 국난 극복의 영웅으로 추앙받으며 박씨는 충렬정경부인에 봉해지고 시백은 의정부 우의정에 대광보국으로 등극한다. 이후 더없는 부귀와 영예가 자손에 이어지며 행복한 여생을 보낸다.

MBTI 분석

◈

박 씨(ENTJ)

문무와 재색을 겸비한 지혜롭고 담대한 인물. 뛰어난 지략과 혜안을 발휘하여 신묘한 일들을 실현해 내는 팔방미인으로 관용적인 성품과 강단을 지녔다.

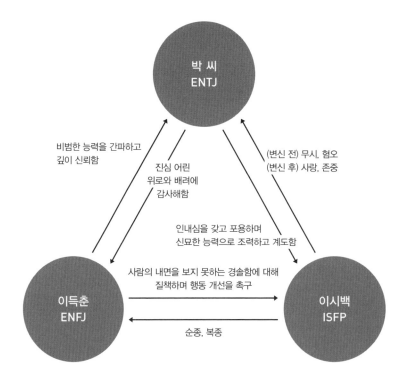

박 씨
ENTJ

비범한 능력을 간파하고
깊이 신뢰함

진심 어린
위로와 배려에
감사해함

(변신 전) 무시, 혐오
(변신 후) 사랑, 존중

인내심을 갖고 포용하며
신묘한 능력으로 조력하고 계도함

사람의 내면을 보지 못하는 경솔함에 대해
질책하며 행동 개선을 촉구

이득춘
ENFJ

순종, 복종

이시백
ISFP

　허물을 벗기 전 자신을 멀리하는 남편을 원망하지 않고 묵묵히 때를 기다리는 현명함은 스스로를 객관화할 줄 아는 이성에서 비롯된 것이다. 그녀는 불리한 환경에서도 부정적인 감정에 휘둘리지 않고 스스로를 통제할 줄 아는 올곧은 성품을 지녔다. 곁에서 자신을 보필하는 몸종 계화가 늘 안타까워하지만 박 씨는 오히려 그녀를 나무라는 동시에 위로하는 큰 배포를 보이기도 한다.

박 씨는 태연히 웃고 대답했다.

"사람의 팔자는 다 하늘이 정하신 바라, 인력으로 고치지 못하거니와, 자고로 박명한 사람이 한둘이 아니니, 어찌 홀로 나뿐이리요? 분수를 지켜 천명을 기다림이 옳으니, 아녀자 되어 어찌 가부(家夫)의 정을 생각하리요? 너는 고이한 말을 다시 말라. 바깥 사람들이 들으면 나의 행실을 천히 여기리라."

때가 되어 허물을 벗고 미모를 드러내자 반색하며 달려드는 남편에게 정색하고 꾸짖는 모습에서 강직한 기개와 카리스마 또한 엿볼 수 있다. 진심으로 뉘우치는 남편을 용서하고 포용하여 함께 구국에 나서는 모습은 가히 영웅적이다.

이시백(ISFP)

무력하고 소심하며 유약한 평범남. 소극적이고 수동적이다. 외모에 쉽게 현혹되며 박 씨의 외모 변화에 따라 극단적인 태도 변화를 보인다.

신랑 시백이 신방에서 뛰어나왔다.
"아니 너는 왜 신방에서 뛰어나왔느냐? 그런 경거망동으로 나를 욕되게 하려느냐?"

"소자가 들어갔을 때는 신부가 없더니, 나중에 들어왔는데 마치 무서운 천신의 끔찍한 괴물 같은 여자라 경악하였습니다. 그런데 몸에서 더러운 냄새까지 진동하여 토할 것만 같아서 급히 나왔습니다."

이득춘은 깜짝 놀랐으나 아들의 경솔하고 무례함을 책망했다. 시백은 부친의 명이 엄격한지라 다시 신방으로 들어갔다. 그러나 신부를 다시 보기가 싫어서 닭 울기가 무섭게 외당으로 달려 나와서 우울하게 날을 보내었다.

다만 악의는 없는 인물이라 "자기 아내의 마음도 볼 줄 모르는 이가 어찌 효와 충을 알 것이며 나라를 위해 큰일을 할 수 있겠냐"는 박 씨의 꾸짖음에 진심으로 반성하고 뉘우치는 모습을 보인다.

이득춘(ENFJ)

박 씨의 비범함과 잠재력을 꿰뚫어 보는 혜안을 지닌 인물. 외모 때문에 박 씨를 박대하는 시백을 호되게 꾸짖고 박 씨에게는 별당을 지어 주는 등 그녀의 의중을 살피며 살뜰하게 챙긴다. 박 씨에 대한 강한 믿음과 애정으로 물심양면의 지원을 아끼지 않는 현명함과 자애로움이 엿보인다.

"슬프다, 너는 진실로 영웅호걸(英雄豪傑)이라. 남자로 되었던들 무슨 근심이 있으리오. 나는 남의 아비가 되어 한낱 자식을 불초케 두었다가, 너 같은 사람을 박대하니 나의 나이 이미 육십이라. 곧 나 죽으면 너같이 어진 사람이 목숨을 보전치 못하렷다."

박 씨 흔연히 위로하며 말하되,

"저의 위인이 부족하옵고 팔자가 기험하오니 어찌 군자를 원망하오리까. 군자가 어서 입신양명하여 부모께 효도하고 나라에 충성하며, 어진 가문에 다시 취처(娶妻)하여 자식을 얻어 만대에 유전하오면, 천첩(賤妾) 같은 인생은 죽어도 한이 없겠나이다."

이득춘이 듣고 며느리의 어짊에 탄복하여 슬피 눈물을 흘리며, 나와서 시백을 불러 꾸짖기를

"너는 내 말을 일양 듣지 아니하고 덕 있는 사람을 구박하니, 장차 내 집이 망하리로다."

이득춘은 공감능력과 인내심을 발휘해 박 씨를 위로하고 아들 시백을 계도한다. 아들 내외가 결합하여 구국의 공을 세우는 데에는 사실 이득춘의 공이 컸던 것이다. 특유의 비상한 촉으로 큰 그림을 그리고 이를 현실화하는 추진력과 설득력을 지닌 인물이다.

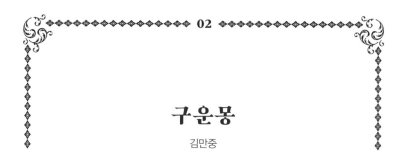

구운몽

김만중

작품 해제

◈

　김만중의 소설 『구운몽』은 조선 숙종이 재위하던 1687년에 한글로 집필되었다. 17세기 후반은 붕당정치의 폐해가 극에 치닫던 정치적 격변기로, 특히 1680년대는 노론과 남인 간의 치열한 갈등으로 인해 국정이 혼란에 휩싸여 있었다. 당쟁의 상황을 자신의 권력 유지와 통치에 이용한 숙종의 환국정치로 인해 혼돈은 가중되었다.

　이러한 상황에서 김만중은 숙종에게 진언하다 분노를 유발하여 유배형을 받고 말았다. 그가 선천으로 보내져 칩거하던 이 시기에 『구운몽』을 창작하여 한양에 있는 모친 윤 씨에게 보냈다고 전해진다. 노모를 위로하기 위해 창작한 소설인 만큼 충효 사상과 가족애가 깃들어 있는 작품이다.

이 소설의 특이한 점은 불교의 핵심 사상인 공(空) 사상을 바탕에 두고 있다는 점이다. 주인공인 양소유가 세속적 욕망에 이끌려 속세를 헤매다가 인생의 무상함과 만물의 덧없음을 깨닫고 다시 불도의 세계로 정진한다는 내용은 『금강경』의 가르침에 기반한다. 저자가 유학자임에도 불구하고 이처럼 불교식 성찰에 천착한 데서 당시 유교가 노정하던 본질적인 한계를 불교를 통해 극복하고자 한 의지를 엿볼 수 있는 작품이다.

줄거리

◈

중국 당나라 때 서역에서 불법을 전하러 온 육관대사의 제자 성진. 어느 날 성진은 육관대사의 명을 받아 동정호의 용왕을 방문했다가 돌아오는 길에 위부인의 제자인 팔선녀의 미모에 취해 엄격하게 불도에 정진해야 하는 자신의 처지를 비관한다. 육관대사가 이를 알고 성진을 지옥으로 추방하여 이후 속세에서 양처사의 아들 양소유로 태어나게 한다. 양소유라는 이름의 '양(楊)'은 '봄날의 버드나무', 즉 '춘정(春情)'을 상징하고, '소유(少遊)'는 '(속세에서) 잠시 노닐다'라는 의미를 갖는다.

양소유는 15세 무렵에 장원급제 하고, 팔선녀의 후신(後身)인 진채봉, 계섬월, 정경패, 가춘운, 적경홍, 난양공주, 심요연, 백능파와 차례로 인연을 맺는다. 그는 온갖 쾌락과 부귀공명을 맛보며 꿈결 같이 달콤한 시간을 보낸다.

특히 양소유의 여러 여인 중 일순위 비중을 차지하는 정경패와의 일화에 주목할 만하다. 정경패는 지체 높은 문벌귀족 가문의 자제로 미모뿐 아니라 드높은 자부심과 장난기를 겸비한 입체적인 인물이다. 그녀는 자신을 속인 양소유에게 귀엽게 앙갚음을 하거나 자매 같은 몸종인 가춘운과 합세해 양소유를 희롱하는 등 흥미로운 에피소드를 다수 만들어 낸다. 양소유는 자신의 정실부인인 정경패를 존중하고 위하는가 하면 가춘운의 매력에 빠져 달콤한 유희를 즐기기도 한다.

팔선녀를 거느리며 꿈결 같은 부귀영화를 누린 지도 어언 반백 년, 양소유는 비로소 인생사의 무상함을 느끼고 속세의 모든 욕망이 덧없음을 깨닫는다. 그가 행복의 절정에서 제행무상(諸行無常)을 느낀 순간 육관대사가 그의 앞에 나타나 본래의 '참된 나'인 성진으로 돌려보낸다. 그는 성진으로 복귀하여 양소유의 삶이 모두 남가일몽(南柯一夢)이었음을 깨닫는다.

성진은 육관대사로부터 연화 도량을 이어받아 불법을 베풀고, 성진의 제자가 된 팔선녀 역시 결국 불도에 정진하여 그와 함께 극락세계로 향한다.

MBTI 분석
◈

양소유(ENFP)

양소유는 승려인 성진의 꿈속 분신으로 '소유(少遊: 속세에서 잠깐 노닐다)'라는 이름의 의미대로 풍류를 즐기는 한량이다. 세속적 욕망으로 충만하고 호기심이 많아 미혹되기 쉬운 인물. 도파민 자극에 취약하여 충동적으로 의사 결정을 내리는 경향을 보인다. 즉흥적인 감정 표현에 능하며 상황의 분위기에 제대로 녹아들어 흥취를 만끽할 줄 아는 끼 많은 타입.

양소유
ENFP

정숙함 이면의 반전 매력으로
양소유를 사로잡음

양소유의 욕망과
판타지를 충족시켜 줌

팔선녀 중 일순위로
대우하며 존중

관능적인 미모와
고분고분한 성격에 푹 빠짐

정경패
ENTP

자신의 분신처럼 대동하며 챙기고 위함

극진히 모시며 지시를 충실히 이행함

가춘운
ISFJ

한림(양소유)이 흥을 이기지 못하여 혼자 올라가더니 물 위에 나뭇잎이 떠내려오거늘 건져 보니,

'선방이 운외폐(雲外吠)하니, 지시(知是) 양랑래(楊郞來)로다. 신선의 개 구름 밖에서 짖으니, 알겠군, 양랑이 오는구나.'

하고 씌어 있었다.

한림이 크게 놀라 말하였다.

"이는 반드시 신선의 글이다."

정경패(ENTP)

반전 매력과 개성이 넘치는 히로인. 뼈대 있는 가문에서 귀하게 자란 규수로, 완벽한 미모와 정숙해 보이는 언행 이면에 의외의 강단과 고집을 지녔다. 일례로 태후가 자신의 딸 난양공주를 양소유에게 시집 보내고자 정경패의 집안에 혼인 약조를 깨뜨리라고 압박을 넣었을 때 "양소유 외의 남자와는 절대로 결혼 안 한다" 하고 버티며 머리를 깎고 비구니가 되려 하는 등 보통 아닌 성격이 엿보인다.

정경패는 양소유에게 만만한 상대가 아니다. 처음에 양소유에게 속아 체면을 잃은 것에 대해 잊지 않고 기억해 두었다가 살뜰하게 앙갚음을 해낸다. 복수를 위해 계략을 짜는 정경패에게서 기싸움에 지지 않으려는 귀여운 장난기와 짓궂음이 엿보이기도 한다. 또한 아프다고 꾀를 내는 양소유의 본심을 간파해 문안조차 가지 않으려는 그녀의 모습에서 다소간의 냉혹함도 읽어 낼 수 있다.

"승상(양소유) 병환이 하룻밤 사이에 어찌 이토록 중하십니까?"
승상이 말하였다.
"내 꿈에 정 씨(정경패)와 함께 밤새도록 말했더니 내 기운이 이러하다."

진 씨가 다시 물으나 승상이 대답지 아니하고 몸을 돌이켜 눕자,
진 씨가 민망하여 시녀를 명하여 두 공주께 보고하였다.

"승상의 병환이 중하니 빨리 나와 보십시오."

영양(정경패)이 말하였다.

"어제 술을 먹은 사람이 무슨 병이겠는가. 우리를 나오게 함일 뿐
이다."

그녀는 총명하고 지혜로우며 상황 판단이 빠른 인물로 묘사
된다. 특히 뛰어난 촉과 추리력을 가지고 있다. 이를테면 여장을
하고 자신을 보러 온 양소유의 정체를 가장 먼저 파악하는가 하
면 태후의 딸 난양공주가 변장해서 나타났을 때 그녀의 몸종 가
춘운은 헛다리를 짚지만 정경패는 정확히 난양공주라고 지목하
기도 한다.

정경패의 냉정하고 분명한 성격은 양소유의 전의를 자극하는
측면이 있다. 그래서인지 양소유는 그녀와 인연을 맺기 위해 가
장 큰 공을 들이며 팔선녀 중 그녀를 일순위로 대우한다.

가춘운(ISFJ)

가춘운은 정경패의 시종으로 순종적이고 의리 넘치는 조력자다. 자신의 책임을 진지하게 생각하여 지시를 충실히 이행하며 헌신적인 면모를 보인다. 내성적이고 수줍은 성격이지만 맡은 일에는 최선을 다하여 적극적으로 임하는 성실함이 두드러진다. 도리와 분수를 잘 지키며 겸손하고 충직하여 정경패와 손발이 잘 맞는 주종관계를 형성한다.

"한림이 거문고 한 곡조로 규중처녀를 희롱하였으니 그 욕이 중하구나. 우리 춘랑(가춘운)이 아니면 누가 나를 위하여 그 치욕을 씻어 주겠는가? 종남산 자각봉은 산이 깊고 경개가 좋다. 춘랑을 위하여 별도의 작은 방을 지어 춘랑의 화촉을 베풀고, 또 사촌형 십삼랑과 기특한 꾀를 내면 내 부끄럼을 씻게 될 것이다. 춘랑은 한번 수고를 아끼지 말라."

춘운이 말하였다.

"소저(정경패)의 말씀을 어찌 사양하겠습니까마는 나중에 무슨 면목으로 한림을 뵙겠습니까?"

소저가 말하였다.

"군사의 무리는 장군의 명령을 듣는다 하니, 춘랑은 한림만 두려워하는구나."

춘랑이 웃으며 말하였다.

"죽기도 피하지 못하는데 소저의 말씀을 어찌 좋지 아니하겠습니까?"

　　정경패는 가춘운을 선녀와 귀신으로 꾸며 양소유를 놀라게 함으로써 그가 자신을 속인 것에 대한 복수를 갈음한다. 이 과정에서 양소유는 가춘운의 청순가련한 미모와 고분고분한 성품이 자아내는 매력에 폭 빠져들고 만다. 사실 배경 다 떼고 외모와 성격만 놓고 보면 가춘운이 양소유의 이상형에 가장 근접한 것으로 보인다. 다만 가춘운은 사심 없이 주인의 지령에 따르는 것일 뿐이어서 정경패를 양소유보다 앞세우는 충성심을 은근히 드러낸다.

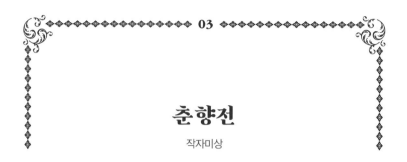

춘향전

작자미상

작품 해제

◈

　『춘향전』의 시대적 배경은 조선 후기로 농업 생산력이 높아지고 수공업 생산이 활발해지면서 신분 질서의 균열이 나타나던 시기다. 봉건적인 신분 제도와 양반 중심의 사회 구조가 여전히 유지되고 있었지만 이에 대한 비판적인 저항 의식이 싹트던 전환기에 작품은 쓰여졌다. 『춘향전』은 단순한 로맨스를 넘어 사회 비판적 메시지와 민중의 염원을 담은 작품으로 평가받는다.

　춘향과 몽룡의 사랑은 많은 것을 시사한다. 춘향은 남원골 퇴기 월매의 딸로 평민 내지는 천민 신분이지만 이몽룡은 양반가의 자제다. 두 사람의 사랑은 신분을 초월한 관계로, 당시 사회의 계급 불평등 및 신분제에 대한 도전을 상징한다. 즉 이들의 사랑은 사사로운 감정을 넘어 사회적 신분과 체제의 벽을 초월하려는 의리와 정절의 상징으로 묘사된다.

한편 당대 민중 의식의 대두 또한 엿볼 수 있다. 작품에서 변학도와 같은 탐관오리가 등장하는데, 이는 당시 조선 후기의 부패한 관료 체제를 비판적으로 묘사한 것이다. 당시 민중은 착취와 억압으로 고통받고 있었으며 이러한 고된 현실이 춘향의 의로운 저항을 통해 드러난다. 특히 춘향이 변학도의 부당한 요구를 거부하며 신념을 지키는 모습은 민중들의 열망을 대변한다. 춘향과 몽룡이 결국 난관을 극복하고 사랑을 쟁취한다는 해피엔딩은 당시 민중들이 바라던 이상과 로망을 반영한다.

줄거리
❖

남원 부사의 아들 이몽룡과 퇴기 월매의 딸 성춘향이 광한루에서 만나 정을 나누고 사랑에 빠진다. 둘은 백년가약을 맺고 잠시 행복한 나날을 보내지만 몽룡의 아버지가 남원 부사의 임기를 끝내고 서울로 돌아가게 되면서 어쩔 수 없이 이별하게 된다. 두 사람은 눈물을 흘리며 꼭 다시 만날 것을 기약하며 헤어진다.

춘향은 몽룡의 과거 급제를 기원하며 외로운 나날을 보내던 중 고을에 새로 부임한 사또 변학도의 수청 요구를 받게 된다. 춘향은 일부종사(一夫從事)의 뜻을 앞세우며 강요하다시피 밀어붙이는 변학도를 일관되고 단호하게 거부한다. 결국 그녀는 옥에 갇혀 모진 고문을 받게 된다.

한편 몽룡은 과거에 급제하고 어사의 직을 받아 남원으로 내려온다. 변사또는 자신의 생일에 춘향을 죽이기로 결심하고 성대한 잔치를 여는데, 한창 푸지게 먹고 마시며 판을 벌이던 중 몽룡이 나타나 풍비박산을 낸다. 그는 변 사또에게 탐관오리의 죄를 물어 봉고파직(封庫罷職)하고 춘향을 구출해 낸다. 춘향과 몽룡은 그렇게 감격스러운 재회를 하고 혼인하여 행복한 여생을 함께 보낸다.

MBTI 분석

❖

이몽룡(ESFP)

몽룡은 흥 많고 놀기 좋아하는 철없는 책방 도령이다. 염치없고 능청스러우며 미숙한 인물로 묘사되지만 강한 임기응변과 행동력을 바탕으로 춘향에게 용기 있게 들이댄다.

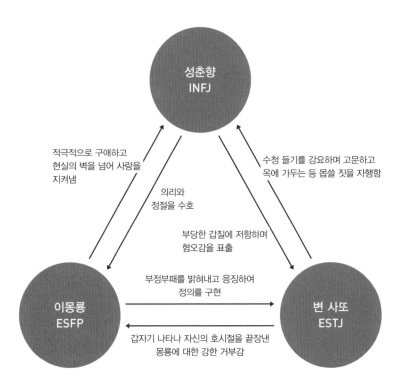

이 도령 잔 받아 손에 들고 탄식하여 하는 말이,

"내 마음대로 한다면 육례를 행할 터나 그러질 못하고 개구멍서방
으로 들고 보니 이 아니 원통하냐. 이 애 춘향아, 그러나 우리 둘
이 이 술을 대례 술로 알고 먹자."

한잔 술 부어 들고,

"너 내 말 들어 봐라. 첫째 잔은 인사주요, 둘째 잔은 합환주라. 이
술이 다른 술이 아니라 근원 근본 삼으리라. 순임금 때의 아황(娥
皇)과 여영(女英)이 귀히 만난 연분이 귀중하다 하였으되 월로의
우리 연분, 삼생가약 맺은 연분, 천만 년이라도 변치 아니할 연분,
대대로 삼태 육경 자손이 많이 번성하여 자손 증손(曾孫) 고손(高
孫)이며 무릎 위에 앉혀 놓고 죄암죄암 달강달강 백세 상수하다가
한날 한시 마주 누워 선후 없이 죽게 되면 천하에 제일가는 연분
이지."

그는 부산스러운 성격과 욕망에 급급한 성향을 지녔지만 오
로지 춘향을 다시 만나겠다는 일념 하나로 열심히 공부하여 급
제의 목표를 이룬다. 이후 패기 있게 변 사또를 혼쭐내어 정의
구현에 성공하고 춘향과 재회하여 행복하게 해로한다.

성춘향(INFJ)

춘향은 굳은 의지와 의리를 지닌 정숙한 여인이다. 그녀는 아름다운 외모뿐 아니라 예절과 재능, 고결한 품성을 겸비한 팔방미인으로 묘사된다.

비록 기생의 딸로서 천민 신분을 지녔으나 강단이 있고 불의에 굴종하지 않는 기개를 드러내는 점은 특별한 매력 포인트다. 약자지만 그저 순종적이지만은 않으며, 여리면서도 저항적이고, 도덕적이면서도 관능적인 면모를 드러내는 입체적 인물.

반생반사(半生半死) 저 춘향이 점점 악쓰며 하는 말이,
"여보시오 사또, 들으시오. 일념포한 부지생사(一念抱恨 不知生死) 어이 그리 모르시오. 계집의 품은 원한은 오유월에 서리 친답니다. 혼비중천(魂飛中天) 다니다가 우리 성군(聖君) 좌정하(坐定下)에 이 원정을 아뢰오면 사또인들 무사할까. 덕분에 죽여 주오."
사또 기가 막혀,
"허허 그년, 말 못 할 년이로고. 큰칼 씌워 하옥하라."

변 사또(ESTJ)

권세와 주색을 탐하는 탐관오리로 성질이 급하고 괴팍하며

고집이 센 인물이다. 자신이 세운 계획이나 목표가 어그러지면 패악을 부리며 광기를 드러내는 악인. 위선적이고 어리석은 행동거지로 인해 조롱과 혐오의 대상이 된다.

춘향을 부르라는 청령이 내리자 이방, 호장 여짜오되,

"춘향이가 기생도 아닐 뿐 아니오라 전 사또 자제 도련님과 맹약(盟約)이 중(重)하온데 연치(年齒)는 부동(不同)이나 동반의 분의로 부르라 하시니, 사또님 체모가 손상될까 걱정되나이다."

사또 대노하여,

"만일 춘향을 시각 지체하다가는 이방, 형방 이하 각 청(各廳) 두목을 하나같이 파면시켜 버릴 것이니, 어서 빨리 대령시키지 못할까?"

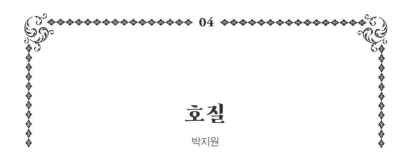

호질

박지원

작품 해제

◈

　박지원의 『호질』은 조선 후기의 사회 현실을 비판하고 풍자하는 내용을 담고 있는 작품이다. 저자는 동물인 범이 사람보다 도덕적이라는 설정과 의인화된 범이 양반을 꾸짖는다는 플롯을 통해 자신의 비판 의식을 전달하고 있다. 이 작품의 메시지를 이해하려면 조선 후기의 사회적, 경제적, 정치적 상황을 살펴볼 필요가 있다.

　조선 후기는 상공업의 발달과 함께 양반 중심의 신분제가 흔들리기 시작한 시기였다. 부유한 상인층이 등장하며 기존의 농업 중심 경제 구조를 바꾸었고 상민이나 노비들 중에 재산을 이용하거나 신분을 속여 양반이나 상민으로 신분 상승을 이루는 경우가 늘어났다. 이처럼 계급 간 경계가 흐려지고 상하 이동이 활발해지면서 양반의 수가 크게 늘어난 반면에 상민과 노비의 수는 크게 줄어들었다.

이러한 상황에서 양반 계층은 여전히 사회 지배층으로 군림했으나 도덕적 타락과 부패로 인해 조롱과 비난의 대상이 되기도 했다. 『호질』에서 양반인 북곽 선생이 범 앞에 머리를 조아린 채 전전긍긍하는 모습은 당시 양반의 위상이 예전 같지 않음을 보여 준다.

박지원은 실학자로서 사회 모순을 극복하고 현실적인 대안을 제시하고자 했다. 『호질』은 그의 날카로운 비판 의식이 반영된 작품으로, 양반 사회의 위선과 타락을 풍자하며 당대의 부조리를 드러내고 있다.

줄거리

◆

이 소설의 배경은 18세기 말 청나라 어느 고을이다. 커다란 호랑이가 사람을 잡아먹으려 하는데 마땅한 것이 없었다는 데서 이야기가 시작된다. 의사를 잡아먹자니 자기 의심을 확인하기 위해 해마다 수많은 사람을 죽이는 자들이라 꺼림칙하고, 무당을 잡아먹자니 사람들을 현혹시켜 그로 인해 죽는 자가 부지기수라 불결하게 느껴졌던 것이다. 그래서 호랑이는 청렴한 선비의 고기를 먹기로 마음먹는다.

여기서 등장하는 것이 마을의 도학(道學)으로 이름난 북곽 선생이다. 그는 평소 마을 주민들로부터 고매한 인격자 양반이라는 칭송과 함께 두터운 신망을 얻고 있지만, 실상은 여우처럼 교활하고 아첨을 잘하는 위선자다. 북곽 선생의 은밀한 사생활은 동네 과부 동리자를 떼놓고 설명할 수 없다. 그녀는 열녀로 소문나 있지만 사실 매우 난잡한 사생활의 결과로 다섯 아들의 성이 모두 다르다는 치부를 갖고 있다. 이 둘의 추악한 민낯은 사회적 지위와 세간의 평가가 허망한가, 즉 겉으로 보여지는 이미지가 얼마나 진실을 왜곡할 수 있는가를 잘 보여 준다.

어느 날 밤 북곽 선생이 사람들의 눈을 피해 동리자와 밀회를 즐기다 그녀의 아들들에게 들키고 만다. 설마 저게 북곽 선생이겠냐며 몽둥이를 들고 달려드는 이들을 피해 허겁지겁 도망쳐 달아나다 그는 더러운 분뇨 구덩이에 빠지고 만다. 북곽 선생이 간신히 구덩이에서 빠져나온 순간 그의 앞을 가로막은 건 바로 커다란 호랑이. 맹수의 기세에 눌려 북곽 선생은 머리를 조아리고, 북곽 선생의 앞을 가로막은 호랑이는 그를 향해 통렬한 질책을 시작한다.

호랑이는 더러운 선비라 탄식하며 유학자들의 거짓된 삶과 허위의식, 그리고 이중인격을 비판한다. 이는 당대 지도 이념이었던 성리학의 윤리 의식이 얼마나 공허하고 무의미한지, 그리고 실제로 얼마나 타락했는지를 시사한다. 입으로는 삼강오륜을 떠들어 대면서 나쁜 짓을 서슴없이 하고 반성도 할 줄 모른다는 신랄한 꾸지람 앞에 북곽 선생은 덜덜 떨며 목숨만은 살려 주기를 빌고 또 빈다.

시간이 꽤 흘러 머리를 들어 보니 호랑이는 사라지고 동녘이 밝아오고 있었다. "엎드려 무얼 하냐"는 농부의 질문에 그는 이렇게 답한다.

"하늘이 비록 높다 하되 머리를 어찌 안 굽히며 땅이 비록 두 텁다 한들 얄디얄지 않을쏘냐?"

MBTI 분석

호랑이(ESTJ)

호랑이는 인간의 탐욕과 비도덕성을 비판하며 인간 사회의 모순을 날카롭게 지적한다. "호랑이들은 법 없이도 잘 사는데, 인간들은 법을 만들고 온갖 도구로 형벌을 내려도 악행이 끊이지 않는다"라며 북곽 선생을 꾸짖는다.

"너희들의 천만 가지 말이 모두 오상(五常)을 떠나지 않고, 경계하여 권명하는 것이 언제나 사강(四綱)에 있긴 하지만, 서울이나 고

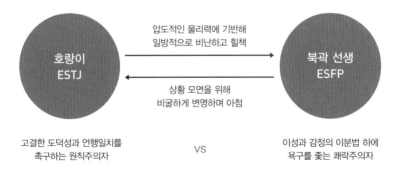

압도적인 물리력에 기반해
일방적으로 비난하고 힐책

호랑이
ESTJ

상황 모면을 위해
비굴하게 변명하며 아첨

북곽 선생
ESFP

고결한 도덕성과 언행일치를   VS   이성과 감정의 이분법 하에
촉구하는 원칙주의자   욕구를 좇는 쾌락주의자

들에서 코 베이고 발 잘리며, 얼굴에 죄인이라는 글자를 먹으로 새긴 채 돌아다니는 자들이 모두 오륜에 순종치 않은 사람들이란 말이다. 그럼에도 불구하고 밧줄이며 먹바늘이며 도끼며 톱 따위의 형벌 도구들을 날마다 공급하기에 겨를이 없으니, 그 나쁜 짓을 막을 길이 없어."

호랑이의 비판은 동족을 기만하고 해치는 인간들의 위선과 악랄함을 향한다. 엄격한 도덕적 잣대를 들이대며 조목조목 비난하는 호랑이의 모습에서 분석적이며 논리적인 면모가 엿보인다. 위압적인 자세로 북곽 선생을 조아린 채 고개도 못 들게 하는 호랑이의 카리스마는 가히 압도적이다.

북곽 선생(ESFP)

북곽 선생은 인간의 위선과 도덕적 결함을 풍자적으로 보여준다. 그는 공자가 가르친 인간의 도리를 강조하면서도 실제로는 그러한 가르침에 어긋나는 문란한 사생활을 영위한다. 겉으로는 고결한 인물처럼 보이려 애쓰지만 실은 본능적 욕망을 채우는 데에만 급급한 것이다.

그의 이중성은 동리자와의 밀회를 훔쳐보던 그녀의 아들들의 입을 통해 적나라하게 묘사된다.

"'예기'에 이르기를 '과부의 집 문에는 함부로 들어서지 않는다'고
하였는데, 북곽 선생은 어진 분이니 이런 일이 없을 거야."
"내가 들으니, '이 고을 성문이 헐어서 여우가 구멍을 내었다'고
하던데."
"내가 들으니, '여우가 천 년을 묵으면 조화를 부려 사람 흉내를
낸다'고 하던데, 그놈이 반드시 북곽 선생을 흉내 낸 걸 거야."

욕구와 충동을 제어하지 못하고 쾌락에 탐닉하면서도 입으로
는 절제와 중용을 떠드는 행태가 호랑이의 비난의 표적이 된다.
그는 호랑이에게 꾸중을 들으면서도 진심으로 뉘우치기보다는
당장 상황을 모면할 궁리만 한다. 호랑이는 이미 자리를 떴는데
여전히 머리를 조아린 채 온갖 아부와 아첨을 지껄이는 모습은
냉소를 자아낸다.

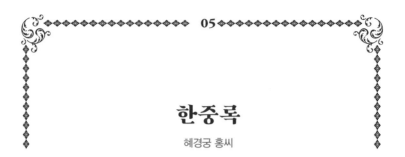

한중록

혜경궁 홍씨

작품 해제

◈

『한중록』은 조선 후기인 영조와 정조 시기를 배경으로 하는 혜경궁 홍씨의 자전적 기록이다. 이 작품은 주로 영조와 사도세자, 그리고 정조와 관련된 사건들을 중심으로 당시의 궁중 생활과 정치적 상황을 생생하게 담아내고 있다.

노론과 소론 간 대립이 극에 달한 시기에 즉위한 영조는 당쟁을 완화하고자 탕평책을 시행하며 균형을 잡으려 했지만 여전히 정치적 갈등과 혼란은 지속되었다. 이는 사도세자의 비극적 죽음의 배경이 되기도 했다. 혜경궁 홍씨의 남편인 사도세자는 아버지인 영조와의 갈등으로 인해 뒤주에 갇혀 목숨을 잃었다. 이는 한중록에 기록된 가장 중요한 사건 중 하나로 정치적 압박과 궁중의 긴장을 반영한다.

홍씨는 사도세자가 당한 참변의 진상, 그리고 정적(政敵)들의 모함으로 아버지를 비롯한 친정 식구들이 화를 입게 된 전말 등 공식적인 역사 기록에서 찾아볼 수 없는 비화를 중심으로 당대 정치 및 궁중 상황을 소상히 기록하고 있다. 부당한 처사로 인한 억울함과 비판 의식이 묻어나기도 하지만 대체로 감정을 절제한 유려한 문체로 일련의 사건들을 섬세하게 서술하고 있다.

혜경궁 홍씨의 시선으로 기록된 『한중록』은 단순히 개인적인 일기가 아닌 조선 후기의 정치·사회적 상황을 이해하도록 돕는 중요한 사료로 평가된다. 또한 궁궐의 일상, 의식, 의례 등이 구체적으로 기록되어 있어 당시의 궁중 풍속과 문화를 엿볼 수 있는 귀한 자료로서의 가치 역시 지닌다.

줄거리

◆

혜경궁 홍씨는 9세의 나이로 영조의 둘째 아들 사도세자의 세자빈으로 책봉되어 입궐한다. 영조는 사도세자가 15세 되던 무렵 왕을 대신해서 국정을 운영하게 하는 대리청정(代理聽政)을 맡기는데, 세자는 무예에만 관심이 많고 국정 운영에 서툴러 여러모로 영조를 실망시킨다. 조급함을 느낀 영조는 세자를 더욱 핍박하고 윽박지르면서 부자간의 갈등이 고조된다.

세자는 아버지의 신임을 되찾기 위해 나름 노력하지만 영조의 눈에는 세자의 모든 언행이 한심하고 탐탁지 않을 뿐이다. 영조는 날이 갈수록 혹독하게 세자를 몰아붙인다. 이에 세자는 극도로 쇠약해지면서 불안과 공포에 시달리는 경계증(驚悸症), 천둥소리에 두려워하는 뇌벽증(雷霹症), 아무 옷이나 입지 못하고 옷차림에 강박적으로 집착하는 의대증(衣帶症)과 같은 정신질환 증상까지 보이게 된다.

세자의 정신착란 증세는 날로 악화되어 죄 없는 궁중 내인들을 닥치는 대로 죽이는 광기로 비화된다. 이에 세자의 어머니인 선희궁마저 애끊는 심정으로 세자에게 등을 돌리게 되며 영조는 세자를 폐하고 스스로 자결하라는 명을 내린다. 그러나 세자가 스스로 자결하지 않자 영조는 그를 뒤주에 가두어 버린다. 살려 달라고 애원하는 세자의 목소리를 무시한 채 영조는 뒤주를 강력하게 봉인하여 결국 그를 죽음에 이르게 한다. 이것이 세자의 나이 27세 때 일어난 임오화변(壬午禍變)이다.

남편을 잃은 혜경궁 홍씨는 사도세자와의 사이에서 낳은 아들 정조를 왕위에 올리기 위해 무단히 노력한다. 그리고 마침내 정조를 조선의 22대 왕으로 등극시킨다. 정조는 이때 "나는 사도세자의 아들이다"라는 유명한 말을 남긴다.

MBTI 분석

영조(ESTJ)

영조는 계획한 대로 일이 진행되어야만 직성이 풀리는 성격을 지닌 철저한 계획형 인물이다. 교활하고 영민한 지략가 스타일로 통제적 성향이 다분하며 내면의 조급함과 불안을 통제 대상에게 투사하는 타입이다. 강하고 호전적이며 목표 달성을 위해 수단과 방법을 가리지 않는다.

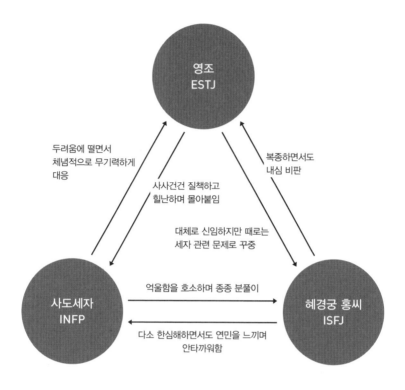

영조
ESTJ

두려움에 떨면서
체념적으로 무기력하게
대응

복종하면서도
내심 비판

사사건건 질책하고
힐난하며 몰아붙임

대체로 신임하지만 때로는
세자 관련 문제로 꾸중

사도세자
INFP

억울함을 호소하며 종종 분풀이

다소 한심해하면서도 연민을 느끼며
안타까워함

혜경궁 홍씨
ISFJ

　

이 같은 강박적인 성격은 콤플렉스와 정치적 상황으로 인해 강화된 측면이 있다. 그의 외가가 사대부가가 아니라는 사실이 큰 핸디캡으로 작용하여 재위 기간 내내 노론과 소론의 치열한 당파 싸움에 시달렸던 것. 또한 이복형 경종을 독살하여 즉위했다는 혐의로 인해 언제 자신을 위협할 반란이 일어날지 모른다는 초조함을 내내 안고 살았던 그였다. 이러한 불안감은 아들인 사도세자에게 투사되어 과도한 조기교육과 지나치게 엄격한 평가의 폐해로 이어졌다.

영조대왕께서 한 번 갑갑해하시고 두 번 갑갑해하셔서, 이로 인해
몹시 화를 내시고 근심도 하셨다.

영조께서는 이럴수록 가까이 두시고 친히 가르쳐서 서로 간의 인
정과 도리가 친하게 될 방법은 생각지 않으신 채, 항상 멀리 두시
고 동궁 스스로 잘하여 당신의 뜻에 맞으시길 기대하시니, 이럴
때 어찌 탈이 나지 않으리오.

그렇게 점점 서먹서먹하게 지내시다가 서로 보실 때는 영조께서는
꾸중이 사랑보다 앞서시고, 아드님은 한 번 뵙는 것도 조심하시고
매우 두려워하심이 무슨 큰일이나 치르시는 듯싶었다. 이렇듯 어
느새 부자지간이 더 멀어지게 되었으니, 어찌 서럽지 않으리오.

영조에게 사도세자는 일종의 경주마(競走馬)였다. 그는 자신을
닮은 분신이 되기를 기대하며 세자를 몰아붙였지만 극단적으
로 판이한 성향까지 고칠 수는 없었다. 각자 타고난 성격이 다
른 건 개성이지 잘못이 아님에도 영조는 화를 내며 인간 자체를
개조하고자 한다. 그러나 좀처럼 마음먹은 대로 되지 않자 그는
이성을 상실할 정도로 분개한다. 그는 세자에 대해 더욱 가혹한
잣대로 부당하게 힐난하며 그를 고통의 나락에 빠뜨린다.

사도세자(INFP)

혜경궁 홍씨에 따르면 사도세자는 천성이 너그럽고 도량이 넓으며 신의가 두터운 성품을 지녔다. 그가 아버지 영조를 무서워하긴 해도 잘못에 대해 물으면 조금도 감추는 일 없이 바른대로 고하였기에 영조도 그의 정직함은 인정했다 한다. 하지만 세자는 굼뜬 구석이 있어 성질 급한 영조가 늘 답답해했다고 하며 이러한 성격 차이가 부자간 불화의 씨앗이 되었다고 홍씨는 적고 있다.

두 부자는 성품이 많이 다르셨다.
영조께서는 똑똑하고 인자하시며 자상하고 민첩하신 성품이시고, 경모궁(사도세자)은 말이 없고 행동이 날래지 못하여 민첩하지 못하셨다.
경모궁의 도량과 재능은 훌륭하시나 모든 일에 영조의 성품과는 달랐다. 보통 때 물으시는 말씀이라도 즉시 대답하지 못하고 머뭇거리며 대답하시고, 당신의 소견이 없는 것은 아니지만 이렇게 대답하면 어떨까 하시어 즉시 대답하지 못하셨다. 그래서 늘 영조께서 갑갑해하셨으니, 이 일도 화변의 큰 실마리가 되었다.

세자는 진솔하고 단순하지만 회피적이고 둔하여 영조의 불신과 미움을 산다. 또한 정무적 센스가 부족하여 국정 운영에 서툴러 영조를 실망시킨다. 사람은 착하지만 영조가 보기에 왕의 그릇은 아니었던 것. 그는 성향상 영조가 자기를 보며 왜 불안해하고 조급해하는지 이해하지 못하고 매번 기대에 어긋나게 반응하여 영조의 화를 돋운다.

차라리 세자가 대들거나 조목조목 따지기라도 했으면 영조가 자신의 가혹한 처사에 대해 재고해 보았을지도 모른다. 하지만 그는 변명이나 거짓말로 당장의 갈등을 모면하려 하다가 더 호되게 당하기 일쑤다. 힐책하는 영조 앞에서는 무기력하게 있다가 돌아와서 내인들을 때리거나 죽이는 등 엉뚱한 데다 화풀이하며 스트레스를 해소한다.

혜경궁 홍씨(ISFJ)

혜경궁 홍씨는 뛰어난 관찰력과 성찰적 사고를 바탕으로 사건의 정황과 사람들의 언행을 상세히 묘사하며 이에 대한 자신의 느낌과 의견을 세밀하게 기록하고 있다. 그녀는 단순히 사실을 나열하기보다는 사건의 의미를 해석하는 데 중점을 두며 자신의 감정을 숨김없이 드러낸다.

그녀는 때로는 시아버지 영조를 비판하기도 하고 남편 사도세자를 감싸며 깊은 죄책감과 비탄에 사로잡히기도 한다. 시아버지와 남편의 갈등이 고조되는 상황에서 중간에 끼어 이도 저도 못 하는 자신의 처지를 통탄하거나 답답해하는 마음이 행간에 오롯이 드러난다.

저렇게 한 일은 이렇게 안 했다고 꾸중하시고, 이렇게 한 일은 저렇게 안 하셨다고 꾸중하시어, 이 일 저 일 모두 심하게 화를 내시며 마땅치 않게 여기셨다. 심지어 백성이 춥고 배고프거나 가뭄이 들거나 천재지변이 있어도 꾸중하셨다.
"소조의 덕이 없어서 그렇다."
그러므로 소조께서는 날이 흐리거나 겨울에 천둥이 치면 또 무슨 꾸중이나 나실까 근심하시고 염려하여 일마다 두렵고 겁을 내셨다. 그러다 마침내 사악하고 망령된 생각이 다시 들어 병이 점점 깊어지시는 징조가 나타났다.
영조께서 훌륭한 덕과 인자함을 지니시고 모든 일을 잘 살피시어 조심성 없는 성품은 아니셨는데, 소중하신 왕세자께서 병이 드시는 것을 눈치채지 못하셨으니, 어찌 서럽지 않으리오.

혜경궁 홍씨에게 기록하는 행위는 일종의 분출구였다. 그녀는 다사다난한 궁중 생활에서 비롯된 희로애락을 침착하게 견디며 인내하는 마음으로 『한중록』을 완성했다. 간결하고 절제된 표현 속에 그녀 내면의 풍부한 감성과 공감 능력, 그리고 절절한 비탄과 애도가 깃들어 있다.

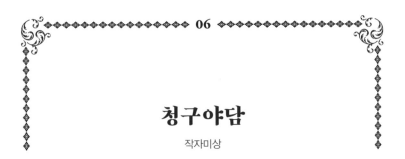

06

청구야담

작자미상

작품 해제

❖

『청구야담』은 조선시대 후기의 야담집으로 당대 구전되던 다양한 설화와 이야기들을 담고 있다. 『계서야담』, 『동야휘집』과 함께 '조선시대 3대 야담집'으로 꼽힐 정도로 뛰어난 문학성과 완성도를 자랑하는 작품이다.

『청구야담』은 조선 후기 사회상과 풍속을 엿볼 수 있는 귀한 사료로서의 가치를 지닌다. 짧막한 에피소드로 구성되는 대부분의 이야기에는 18~19세기 조선 사회의 단면이 적나라하게 묘사된다. 몰락한 양반, 부패한 공직자, 농토를 잃고 도둑이 된 농민, 도망친 노비, 악랄한 도적 떼, 수청 드는 기생 등 다양한 인간 군상의 천태만상이 실감 나게 그려진다. 신분과 계급의 경계가 허물어지고 빈부 격차가 커지던 전환기의 문란해진 기강과 혼란상을 엿볼 수 있다.

작품에서 또 하나 주목할 포인트는 바로 행간에 드러나는 서술자의 능동적인 역할이다. 서술자는 작중 인물들을 조롱하고 풍자하며 때로는 공감과 연민의 시선을 보내기도 한다. 기존의 구전 설화, 소화, 일화, 야사 등을 그대로 전하는 데 그치지 않고 나름의 비판적 평가를 내리거나 새로운 이야기를 덧붙여 윤색하는 등 문학적 가치를 높였다는 점은 특기할 만하다. 뿐만 아니라 사주팔자, 음담패설, 귀신담, 미스터리 등 자극적인 주제의 에피소드들을 끼워 넣어 흥미와 다채로움을 더하고 있다는 점도 주목할 만한 특징이다.

줄거리

◆

청구야담의 수많은 에피소드 중 눈여겨볼 만한 대목으로 조선 중기의 문신 심희수와 명기(名妓) 일타홍의 로맨스를 꼽을 수 있다. 심희수와 일타홍의 이야기는 『청구야담』을 비롯해 무려 28개의 야사와 문집에 전해져 올 정도로 여러 세기에 걸쳐 많은 관심과 사랑을 받아 왔다.

심희수는 조선 중기에 대제학, 우찬성, 좌의정 등을 역임한 문신으로, 어린 시절에는 공부를 멀리하고 놀기만 좋아했으며 열살 무렵부터 기방을 드나들었다. 어느 날 기생 일타홍이 뜬금없이 집으로 찾아오겠다고 하자 심희수는 설레서 집 청소를 하며 그녀를 기다린다. 심희수의 어머니는 그의 방탕한 행실을 꾸짖었으나 집에 찾아온 일타홍이 어머니를 달래며 심희수가 훗날 대성할 재목이니 각별한 관리가 필요하다고 설득한다.

그날부터 일타홍은 그 집에 상주하며 심희수가 공부에 힘쓰도록 정성으로 보필한다. 그러나 원체 놀기 좋아하는 심희수는 태만하고 게으른 태도로 공부하기를 거부한다. 그러자 일타홍은 그의 어머니에게 심희수가 과거 급제를 하기 전까지는 돌아오지 않겠다는 말을 남기고 홀연히 집을 떠난다. 크게 후회한 심희수는 수년간 이를 악물고 공부에 매진하여 결국 과거에 급제한다. 그리고 일타홍을 재회한다.

심희수가 이조 낭관 벼슬을 할 때 일타홍은 고향인 금산(錦山)에 계신 부모님을 위해 그곳의 원(員)을 자원해 달라고 부탁한다. 심희수가 부임한 지 사흘 뒤 일타홍은 관청에서 마련한 술과 음식을 들고 본가로 찾아가 잔치를 열고 부모님과 함께 기뻐한다.

반년이 지난 어느 날 일타홍이 목욕재계하고 침석에 누워 심희수를 부른다. 심희수가 가서 들여다보니 그녀는 이제 자신의 명이 다하였다고 말하며 훗날 그의 선산에 묻어 달라고 부탁한다. 심희수는 통곡하며 그녀를 위해 애도의 시를 지어 바친다.

MBTI 분석

◈

심희수(ESFP)

양반 가문 출신이나 일찍이 아버지를 여의고 홀어머니 속을 썩이는 난봉꾼으로 성장한다. 놀기 좋아하고 방탕하며 다소 충동적이고 즉흥적인 성정을 지녔다. 하지만 그에게서 악함이나 졸렬함 따위는 찾아볼 수 없다. 순진하진 않아도 순수함을 지닌 의지와 집념의 순정남. 공부해서 출세하라는 일타홍의 계도에

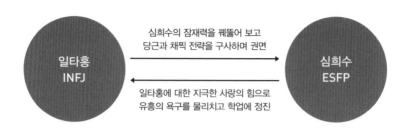

일타홍
INFJ

심희수의 잠재력을 꿰뚫어 보고
당근과 채찍 전략을 구사하며 권면

일타홍에 대한 지극한 사랑의 힘으로
유흥의 욕구를 물리치고 학업에 정진

심희수
ESFP

그가 순순히 따르는 건 순전히 그녀에 대한 사랑 때문이다. 소중한 것을 지키기 위해 불타는 열정을 바칠 줄 아는 인물.

현재를 즐기고 즉흥적으로 행동하는 심희수에게 미래 지향적이며 이상을 추구하는 일타홍의 모습은 낯설고도 매력적으로 다가온다. 유흥가의 기생임에도 자신에게 학업을 권하며 미래를 준비하라고 다그치며 이끄는 모습은 신선한 충격이자 자극이었을 터.

마침내 심희수는 속으로 맹세했다.

'내가 한 여인에게 버림받는다면 무슨 면목으로 다른 사람들을 대하겠는가? 그 사람은 내가 급제하면 다시 만나겠다고 약속했지. 단단히 마음먹고 열심히 공부해 그 사람을 다시 만나야겠다. 급제하지 못하여 약속을 지키지 못하면 살아서 무엇하리?'

그때부터 문을 닫아걸고 사람도 만나지 않으며 밤낮 쉬지 않고 공부해 정진하니 불과 몇 년 만에 과거에 급제했다.

심희수는 나름의 방식으로 일타홍에게 순정을 바친다. 비록 중간에 일탈하여 엇나가기도 하고 그녀가 아닌 다른 여인과 결혼하기도 하지만, 문제아였던 자신을 이끌어 준 그녀에 대한 고마움을 마음 깊이 지니고 있다. 그는 일타홍의 의견을 존중하고 그녀의 계도를 따름으로써 사랑을 표현하고자 애쓴다.

일타홍에 대한 심희수의 깊은 애정은 그녀를 기리며 지어 바친 애도의 시에 압축되어 있다.

"붉은 연꽃 한 떨기 상여 수레에 실렸네
향기로운 혼은 어느 곳에서 머뭇거리나
금강에 내리는 가을비 단정(丹旌)을 적시니
아름다운 그대 이별하며 흘리는 눈물 아닌가?"

일타홍(INFJ)

일타홍은 비록 기생의 신분이지만 남다른 촉으로 될성부른 재목을 알아보는 혜안을 갖추고 있다. 그녀는 스스로의 판단에 강한 확신을 가지고 심희수를 지극정성으로 보필하여 계도

한다. 이러한 과정에서 빛을 발하는 것은 심희수의 성공을 위해 짜놓은 그녀의 철저한 계획과 전략, 그리고 인내심이다. 일타홍은 분수를 지키고 선을 넘지 않으면서도 원하는 것을 두루 쟁취하는 지혜를 지녔다. 진정성을 바탕으로 매사 슬기롭게 대처하며 결정적인 순간에 강단을 발휘할 줄 아는 인물이다.

대책 없이 현재를 즐기는 심희수에게 일타홍은 장기적인 비전을 제공한다. 일타홍은 때로는 매몰차게 채찍질을 가하고 때로는 자애롭게 구슬리며 심희수에게 학업에 정진할 것을 권면한다.

즉흥적이며 충동적인 심희수가 일탈하는 변수가 발생해도 대응 매뉴얼이 계획에 있기에 그녀는 차분히 자신의 본분을 이행해 나간다. 이를테면 태만하고 게으른 심희수에게 강한 자극을 주기 위해 그녀가 수년간 그를 떠난 것은 '신의 한 수'였다. 심희수로 하여금 공부에만 매진하게 하는 터닝포인트가 되기 때문이다. 그녀 덕분에 그는 결국 과거 급제의 목표를 이루게 된다.

일타홍은 일어나 절을 올리고서 말했다.
"소첩이라고 목석이 아니니 어찌 이별의 아픔을 모르겠습니까?

그러나 격려하고 권면하는 방법은 오직 이것뿐입니다. 서방님이 돌아와, 첩이 떠났으며 급제하고 나서 다시 만나자고 했다는 말을 전해 들으면 반드시 분발해 열심히 공부할 겁니다. 길면 육칠 년, 짧으면 사오 년입니다. 첩은 마땅히 몸을 깨끗이 하고 살면서 급제하실 날을 기다리겠습니다. 부디 이 뜻을 서방님께 전해 주십시오. 이것이 제가 바라는 바입니다."

그녀는 인격적으로 성숙하여 분수에 맞게 처신한다. 혼기가 찬 심희수는 신분상 첩이 될 수밖에 없는 일타홍에게 자신은 결혼하지 않을 것이라며 고집을 부리지만, 그녀는 담담하게 양반 집 규수와 혼인할 것을 권하고 실제로 심희수 내외를 극진히 섬긴다. 그녀에겐 그 흔한 질투나 시기 따윈 없으며 오로지 심희수가 잘되기만을 바라는 진정성이 행위의 동력이다.

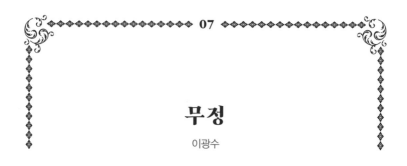

07

무정

이광수

작품 해제

◈

　이광수의 소설 『무정』은 일제강점기 초반의 근대적 전환기를 배경으로 한다. 1910년 일본에 의해 강제로 병합된 이후 조선 사회에는 서구 문명과 근대 사상이 급속히 유입되었다. 이에 따라 신교육과 신문물에 대한 관심이 높아지고 여성 교육, 자유연애, 자아 실현 등 새로운 가치관이 전파되면서 전통적 질서와 충돌을 일으키는 격변의 시기가 이어졌다. 『무정』의 주인공들이 겪는 갈등과 고뇌는 바로 이 시기의 현실과 이상의 괴리에 그 뿌리를 두고 있다.

주인공들은 서로를 오해하고 의심하며 정력을 소모하기도 하지만 결국 사사로운 감정 낭비보다는 나라와 민족을 위해 생산적인 일을 도모하는 데에 젊음을 바쳐야 한다는 결론에 도달한다. 시국의 엄중함이 그들을 각성시키고 성장시킨다. 그들은 계몽과 교육의 중요성을 절실히 깨닫고 동지애를 느끼며 배움을 통해 민족의 독립과 발전에 기여하려는 의지를 다진다.

줄거리

❖

경성학교 영어교사 이형식은 미국 유학을 앞둔 김 장로의 딸 선형에게 영어를 가르치게 된다. 형식은 조신하고 미모가 뛰어난 양갓집 규수 선형을 내심 배우자감으로 점찍고 호감을 갖는다.

그러던 어느 날 형식의 정혼자인 영채가 찾아온다. 오랫동안 모습을 감췄던 그녀를 마주하자 형식은 깜짝 놀란다. 그녀는 형식이 일찍이 부모를 여의고 의지할 데 없이 이곳저곳 전전할 때 신세를 졌던 박 진사의 딸이다. 박 진사는 상해에서 신사조를 가지고 들어와 청년운동을 하던 우국지사로 형식은 그에게서 민족사상을 배우며 많은 영향을 받은 바 있다. 영채는 신식

학교를 운영하던 아버지와 오빠들이 억울한 누명을 쓴 채 감옥에 갇히자 옥바라지를 위해 기생이 되었던 아픈 과거를 털어놓는다. 형식은 영채에게 연민을 느끼고 기생 명부에서 빼내 주고자 하지만 돈 천 원이 없다. 영채는 형식의 형편이 여의치 않음을 알아차리고 조용히 떠난다.

그러던 중 영채는 경성학교 교감 배명식 일당을 손님으로 받고 정조를 잃는다. 약혼자인 형식을 위해 정절을 지켜 온 영채는 절망감과 치욕으로 몸을 떨며 대동강에 빠져 자결하고자 마음먹는다. 그녀는 유서를 남기고 부친의 무덤이 있는 평양으로 향한다. 이를 알고 형식은 뒤따라 가지만 그녀의 행방은 묘연하다. 좀 더 적극적으로 그녀를 찾지 못하고 돌아오며 형식은 자신의 무정함을 자조한다. 이 일은 학교에까지 소문이 나면서 형식은 '기생 따라다니는 선생'이라는 조롱을 받으며 학교를 그만두게 된다.

형식은 영채의 일로 괴로워하던 중 김 장로에게서 선형과의 결혼을 제안받는다. 영채 생각으로 찜찜한 와중에도 형식은 청혼을 내심 황송하고 기쁘게 받아들인다. 선형과 약혼을 하고 그녀와 미국으로 유학을 떠나기 위해 경부선 열차를 타고 부산으로 향한다. 그런데 그 열차에는 놀랍게도 영채가 타고 있다. 자살하려 했던 영채가 죽지 않고 살아 있는 건 그녀가 평양 가는 길에 우연히 만났던 동경 유학생 김병욱 덕분. 병욱이 실의에 빠진 그녀를 북돋우며 생의 의지를 심어 준 덕이었다. 그 인연으로 영채도 병욱과 함께 공부를 위해 부산행 열차를 타고 동경으로 떠나려던 참이었던 것이다. 형식은 영채를 마주하여 그간의 사정을 털어놓고 눈물로 사죄한다.

기차가 수재로 인해 삼랑진에서 멈추자 병욱이 주도하여 수재민을 돕기 위한 자선 음악회를 연다. 이에 감화를 받은 형식은 가난하고 열악한 조선을 바꿀 수 있는 것이 교육이라는 확신을 얻어 다시금 계몽 의지를 다진다. 영채, 병욱, 선형 역시 유학을 통해 조국을 일으키는 선각자가 되겠다고 다짐한다.

MBTI 분석

◆

이형식(ISTP)

우유부단하며 끝없이 간 보고 재보는 타입. 이기적이고 속물적이며 자격지심도 심하다. 공감 능력이 부족해 자기 위주로 사

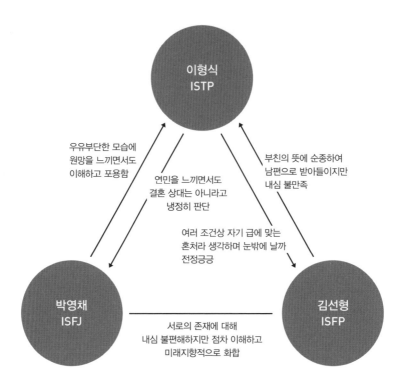

이형식
ISTP

우유부단한 모습에
원망을 느끼면서도
이해하고 포용함

연민을 느끼면서도
결혼 상대는 아니라고
냉정히 판단

부친의 뜻에 순종하여
남편으로 받아들이지만
내심 불만족

여러 조건상 자기 급에 맞는
혼처라 생각하며 눈밖에 날까
전정긍긍

박영채
ISFJ

김선형
ISFP

서로의 존재에 대해
내심 불편해하지만 점차 이해하고
미래지향적으로 화합

고하며 타인의 상황을 진심으로 이해하지 못한다. 언뜻 진중하고 과묵해 보이지만 알고 보면 눈치 백단에 날카로운 현실 감각으로 모든 상황 파악을 다 하고 있는 의뭉스럽고도 냉정한 면모가 엿보인다.

형식은 고지식한 사고방식으로 기생 출신인 영채를 내심 폄하한다. 그녀가 기생이 될 수밖에 없었던 사정을 알면서도 결과

론적으로 자신에게 흠결을 낸다고 보며 거리를 두는 것이다. 그러면서도 죄책감에 끊임없이 핑계를 대며 자기변호하고 스스로를 합리화하는 모습은 비겁하기 그지없다.

공평한 눈으로 보건대 영채의 얼굴이 차라리 선형보다 나았을 것이다. 그러나 선형을 천하제일로 확신한 형식은 영채를 제이로 생각할 수밖에 없었다. 게다가 선형은 부귀한 집 딸로서 완전한 교육을 받은 자요, 영채는 그동안 어떻게 굴러다녔는지 모르는 계집이라. 이 모든 것이 합하여 형식에게는 영채는 암만해도 선형과 평등으로 보이지를 아니하였다.

그는 사람 자체가 악하지는 않지만 특유의 우유부단함에서 비롯된 철없고 설익은 애정으로 두 여인 사이에서 갈팡질팡하는 모습을 보인다. 그러면서도 선택은 당연히 현실적으로 내린다.

그는 뚜렷한 집념과 구체적인 계획 없이 흘러가는 대로 살면서도 핑계는 많다. 영채에게 속죄하기 위해 선형과 파혼하고 미국행을 취소하겠다고 잠깐 결심하기도 하지만 이 역시 스스로에게 면죄부를 주기 위한 감상적 충동일 뿐이다.

박영채(ISFJ)

영채는 운명에 순응적이면서도 강단 있는 여인이다. 가족을 위한 희생의 방편으로 기생이 되면서 인생이 꼬이지만 스스로 내린 선택이었기에 그 누구도 원망하지 않는다. 정혼자인 형식이 기생이 되어 버린 자신을 두고 이리저리 머리를 굴리며 우물쭈물하는 모습에 상처를 받으면서도 스스로를 탓할 뿐 변명하거나 분노하지 않는다. 감정을 속으로 삭이며 모든 것을 혼자서 품고 가려는 의지로 자살을 결심하기도 한다.

이후 다른 정숙한 여인과 약혼한 형식을 기차 안에서 마주치게 되지만 영채는 이해하고 포용한다. 자신과 한때 미래를 약속했던 남자가 조건 좋은 양갓집 규수와 유학을 떠나는 모습을 보면 눈이 뒤집힐 만도 한 상황. 그러나 영채는 형식의 구구한 변명에도 공감하려 노력하며 그를 너그러이 용서한다.

영채도 형식의 하는 말을 다 들었다. 그리고 형식에게 대한 원통한 듯하던 마음이 얼마큼 풀린다. 그러나 형식이 즉시 자기의 뒤를 따라 평양으로 내려온 것과 열심으로 자기의 시체를 찾아준 고마움도, 자기가 죽은 지 한 달이 못하여 선형과 혼인을 하여 가지고 미국으로 간다는 생각에 눌려 버리고 만다. 영채의 생각에는 형식 한 사람이 정다운 사람도 되고 박정한 낭군도 되어 보인다. 그러나 만사가 이미 다 지나갔으니 이제 와서 한탄하면 무엇하고 분풀이를 하면 무엇하랴. 차라리 웃는 낯으로 형식을 대하여 저편의 마음이나 기쁘게 하여줌이 좋으리라 하는 생각도 난다.

이미 벌어진 일에 대해 원망하고 집착하기보다는 자신만의 의미 있는 길을 열어 가고자 결심하는 영채는 소설의 등장인물 중 가장 성숙하고 배포가 큰 인물이다.

김선형(ISFP)

선형은 한마디로 온실 속의 화초처럼 여리고 유약한 여인이다. 고생이라고는 해본 적 없는 유복한 집안 태생으로 아버지인 김 장로의 뜻에 순종하는 착한 딸이다. 그녀는 시키는 대로 공부는 열심히 하지만 구체적인 인생 계획이 없으며 그저 아버지와 남편의 뜻에 순응하면서 사는 것을 당연한 삶의 방식으로 여긴다. 형식이 자신을 사랑하느냐고 묻자 동공에 지진이 일어나며 우물쭈물하는 모습에서 주체성이 결여된 수동적인 면모가 엿보인다.

겉으로는 그저 순진해 보이지만 학습된 속물근성으로 흙수저 출신의 형식을 속으로 은근히 깔보기도 하고 비슷한 집안 남성과 결혼하지 않는 것에 대해 불만과 회의를 품기도 한다.

선형이 보기에 형식은 처음부터 자기의 짝이 되기에는 너무 자격이 부족하였다. 자기의 이상의 지아비는 이러하였다. 첫째 얼굴 모양이 동그레하고 살빛이 희되 불그레한 빛이 돌고 그러하고 말긋말긋하고 말소리가 유창하고 또 쾌활하고 뒤로 보나 앞으로 보나 미끈하고 날씬하고 손이 희고 부드럽고 재주가 있고 대학교를 졸업하고⋯⋯ 이러한 사람이었다. 이러한 사람은 원칙상 부귀한 집이 아니면 구하기 어렵다.

형식의 외모를 요목조목 따지며 불만을 품는 철없는 구석도 있다. 그 나이 또래다운 변덕과 질투를 부리기도 하지만 악의는 없으며 대체로 무던하고 평범한 인물이다.

08

인간문제

강경애

작품 해제

◈

『인간문제』는 일제강점기인 1934년에 발표된 작품으로, 당시의 사회적·경제적 상황과 식민지 조선의 현실을 생생히 반영하고 있다. 특히 식민지 자본주의의 모순과 노동계급 착취 문제를 중점적으로 다루며 인간다움의 회복을 촉구하는 사실주의적 작품이다.

1930년대는 일제에 의해 식민지 공업화가 강제적으로 진행되면서 일본 자본가들이 조선의 자원을 착취하여 노동자들이 극심한 빈곤과 인권 유린에 시달리던 시기다. 특히 작품이 주목하는 것은 여성 노동자에 대한 이중적 억압 문제로, 가부장적 사회구조와 자본주의적 착취라는 이중의 굴레 속에 존엄성을 짓밟힌 여성 노동자들의 현실이 사실적으로 그려져 있다. 소설의 주인공 선비는 당시 비참한 상황에 처해 있던 조선 여성 노동자들을 대변하는 인물로서 인간 존엄성 회복을 위한 투쟁에 앞장서는 모습을 보여 준다.

1930년대는 또한 사회주의 사상이 식민지 조선의 지식인들과 노동자들 사이에서 확산되던 시기이기도 하다. 또 다른 주인공 신철은 저항적인 사상의 교육과 전파를 주도하지만 당국에 체포되면서 좌절에 직면한다. 『인간문제』는 이처럼 일제강점기의 암울한 시대상을 사실적으로 그려 내어 민중의 저항 의식을 고취시키고 사회 변화를 촉구한 저항문학의 대표적인 작품이다.

줄거리

소설의 배경인 용연마을에는 전설의 연못이 자리하고 있다. 바로 욕심 많은 지주가 기근에도 불구하고 마을 주민들을 착취하여 사람들의 눈물로 연못이 만들어졌다는 전설이다. 용연마을의 가난한 머슴의 딸로 태어난 주인공 선비는 어려서부터 온갖 고생에 시달리며 수없이 눈물을 흘린다. 선비는 부모를 여의자 그녀의 아버지를 죽음에 이르게 한 지주 정덕호에게 기식하는 신세가 되어 정조를 유린당한다.

덕호의 딸 옥점은 자기 집에서 종노릇을 하는 선비의 미모를 은근히 시기하며 심술을 부린다. 옥점은 경성제국대학 졸업반인 엘리트 신철을 마음에 두어 여름방학에 집으로 데려오는데, 신철이 점점 자기에게는 무관심해지고 선비에게 호감을 보이는 듯하자 질투는 극에 달한다. 그 자신도 유복한 집 아들인 신철은 곱게만 자라 세상 물정 모르는 지주의 딸 옥점에게 매력을 느끼지 못한다. 그는 착한 성품과 아리따운 외모를 가진 선비가 허드렛일을 하면서 갖은 구박을 당하는 모습을 보고 생각이 많아진다. 옥점과 그녀의 모친이 선비를 괴롭힐수록 신철은 선비를 더욱 가엾어하며 그녀를 서울로 데려갈 궁리를 한다.

옥점 모녀의 패악이 심해지자 선비는 결국 짐을 싸서 도망치기로 결심한다. 의지할 혈육이 하나도 없는 선비는 문득 어릴 적 동무 간난이를 떠올린다. 간난이는 가난 때문에 덕호의 첩으

로 들어앉았다가 아들을 낳지 못해 버림받은 여인이다. 선비는
그녀가 타향에서 돈벌이를 하고 있다는 소문을 언뜻 들었던 걸
기억해 내고 간난의 모친으로부터 그녀의 주소를 받아 무작정
서울로 향한다.

선비는 간난을 만나게 되고 둘은 일본인이 경영하는 인천의
대형 방직공장 노동자로 들어간다. 이들은 일한 만큼 정당하게
먹고사는 삶을 기대하지만 주인만 바뀌었을 뿐 여전히 공장의
부속품이 되어 착취당하는 현실에 좌절한다. 비판 의식을 기반
으로 이들은 노동 운동에 투신하지만 결국 간난이는 도망자 신
세가 되고 선비는 폐병에 걸려 쓰러지고 만다.

한편 지식인으로서 노동자들을 교육하던 신철은 당국에 체포
되어 구속된다. 그는 나름 이를 악물고 버티지만 혹독한 고문에
멘탈이 무너지면서 정략 결혼을 거부했던 과거를 후회한다. 결
국 그는 사상 전향을 택해 불기소 처분을 받고 다시금 이전의
편안하고 아쉬울 것 없는 생활로 돌아간다.

MBTI 분석

김선비(ISFP)

선비는 가난과 억압에 괴로워하는 기구한 팔자의 여인이다. 지주 덕호에게는 감언이설에 속아 강간당하고 지주의 딸 옥점에게는 질투와 시기로 인한 괴롭힘을 당하는 등 심신이 피폐해진 채 벼랑 끝에 선 인물. 착하고 순종적인 성격 탓에 대들거나

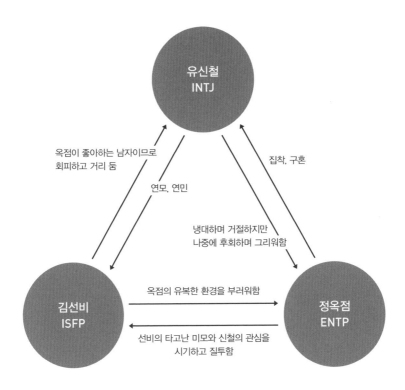

복수하지 못하고 그저 인내하며 끙끙 앓다가 어느 날 밤 충동적
으로 도주한다.

느글느글한 덕호가 주던 돈을 이불 속에 넣던 자신을 굽어볼 때,
등허리에서 땀이 나도록 분하고 부끄러웠다. 그뿐이랴! 마침내는
그에게 정조까지 빼앗기고 울던 자신! 몇 번이나 죽으려고 했던
자기! 얼마나 유치하고 어리석었는가! 그리고 그 덕호를 보고 아
버지! 아버지! 하며 부르던 그때의 선비는 어쩐지 지금의 자기와
같지 않았다.

이후 도시 노동자가 되어 각성의 과정을 거치며 외유내강의
면모를 띠게 된다. 그녀는 부조리한 사회에 대한 비판 의식을
갖추고 현실을 개선해 보려는 의지를 갖는다. 그러나 계급 의식
을 갖추고 무언가 행동에 나설 즈음 갑작스레 발병한 폐결핵으
로 인해 피를 토하며 쓰러지고 만다. 평생 착취당하는 약자의
삶을 살다가 세상을 떠나는 가엾은 인물.

정옥점(ENTP)

옥점은 지주 집안 딸로 귀하게 자라 제멋대로에다 성질이 보
통 아닌 인물이다. 어려서부터 원하는 것은 모두 쉽게 가진 탓

에 탐욕스럽고 이기적인 성향을 보인다. 기분이 나쁘면 표정에 그대로 드러나고 직설적으로 불평하며 딴지를 걸어 상대를 당황케 하는 타입.

그녀는 선비의 타고난 미모를 질투하고 시기한다. 선비가 갖지 못한 것, 즉 돌아가신 부모님과 가난한 가정 환경 등의 결핍에 대해서는 의식조차 못 하며 그녀의 불우한 처지에 대해서도 연민의 감정을 전혀 느끼지 못한다.

그의 머리에는 또다시 선비와 신철이가 물그릇을 새 두고 마주 섰던 장면이 휙 떠오른다. 그는 걷잡을 수 없는 질투의 감정이 욱 쓸어 일어난다. 신철이가 선비를 사랑할까? 어떤 것을 보고 사랑할까. 아니야, 그것은 내 착각이다. 신철이쯤 하여 일개 남의 집 하녀를 사랑할까? 더욱이 공부도 못하고 아무것도 모르는 시골뜨기를…… 얼굴만 고우면 무엇해? 이렇게 생각하니 속이 후련하였다. 그러나 어딘가 모르게 꺼림칙하고 불쾌함이 따랐다. 그는 얼른 선비를 보고 어젯밤 일을 물어보고 싶은 생각이 들어 분주히 부엌으로 나왔다.

옥점은 오히려 선비에 대한 신철의 호감을 감지하고는 초조해하며 그녀에게 욕설을 하며 심술과 패악을 부리기도 한다. 또 신철 앞에서 괜히 선비를 흠잡으며 관심을 돌리려 애쓰지만 오히려 그의 반감을 사고 선비에 대한 연민을 자극하는 역효과를 낳는다. 철없고 공감 능력이 부족하며 지극히 자기중심적인 인물.

유신철(INTJ)

이지적이고 이기적인 차가운 도시 남자. 유복한 집안 태생으로 자존심이 강하며 지식인으로서의 자부심 또한 대단하다. 정략결혼을 강요하는 아버지를 경멸하며 가출하기 전까지는 온 세상이 자기 것인 양 기세등등하다. 하지만 돈이 떨어지고 동료들의 하숙방을 전전하며 차디찬 현실을 마주하자 나약해지기 시작한다. 노동 이론을 공부하는 것은 쉽지만 실제로 몸을 쓰는 육체노동은 얼마나 고되고 힘든가를 깨닫게 되고 점차 돈 앞에 굴복하는 소시민적 근성을 드러낸다.

나쁜 남자로 옥점에게 굴욕을 준 지난날이 무색하게 감옥 안에서 춥고 배고파지니 그는 옥점을 그리워한다. 옥점에게 차갑게 대한 스스로를 후회하며 그녀의 결혼 여부를 궁금해하는 모습은 냉소를 자아낸다.

옥점이, 그는 시집을 갔을까? 그렇게 나를 못 잊어 하더니…… 내가 너무 과했어! 그의 눈에는 요령부득의 눈물이 고였다.

옥점이! 그는 다시 한번 옥점이를 불러 보았다. 아직까지도 그가 시집가지 않고 나를 기다릴까? 그렇지야 못하겠지? 벌써 어떤 사람의 아내가 되었겠지! 그러나 나를 아주 잊지는 못하리라…… 하고 멍하니 못을 바라보았다. 못 속에는 버들가지 그림자가 파랗게 떨어져 깔렸다. 그의 가슴속에 옥점의 얼굴이 파묻힌 것처럼……

냉혹한 현실 앞에서 결국 타협을 택하는 그는 위선적이고 나약한 식민지 지식인의 타락을 보여 준다.

09

고향

이기영

작품 해제

＊

　이기영의 『고향』은 1920년대~1930년대 일제강점기를 배경
으로 하고 있다. 이 무렵은 일제가 산미증식계획을 통해 한국에
서 쌀 생산량을 늘려 일본으로 반출하는 등 식민지 수탈 정책이
본격화되면서 한국 농촌 사회가 급격히 붕괴하던 시기다. 농민
들은 고율의 소작료와 빚에 시달리며 점점 더 빈곤해졌으며, 많
은 농민이 토지를 잃고 소작농이나 도시 빈민층으로 전락했다.

　한편 러시아 볼셰비키 혁명 이후 전 세계에 유행병처럼 번지
던 사회주의 사상은 이러한 상황에서 국내에 유입되었다. 사회

주의 사상은 지주와 자본가의 착취와 압제로부터 계급을 해방시키고 착취가 없는 공산사회를 만들겠다는 이상을 제시하며 청년과 지식인들 사이에서 빠르게 전파되었다. 사회주의 사상의 확산은 농민 조합과 노동 조합의 결성, 그리고 이를 기반으로 한 계급 투쟁과 독립운동으로 이어졌다.

저자는 『고향』을 통해 일제의 착취로 황폐화된 농촌의 현실과 농민들의 고통을 생생히 묘사하고 있다. 작품은 시대의 변화상 속에 점차 각성해 가는 농민과 노동자들의 저항과 투쟁, 그리고 희망을 사실적으로 그려 내고 있다.

줄거리
◈

동경 유학 중이던 김희준이 자금난으로 학업을 중도에 포기하고 고향인 원터마을로 돌아오면서 이야기가 시작된다. 귀향한 희준은 마을의 청년회를 재건하고 노동야학을 세워 계몽활동을 펼치며 농민 지도자로서 위상을 굳건히 한다. 희준은 마을의 소작인들을 규합하여 탐욕스러운 동네 마름인 안승학에 대항한다. 안승학에게는 갑숙이라는 딸이 있으며 희준은 그녀와

소꿉친구 사이다. 갑숙은 희준을 남몰래 사모하지만 그가 조혼
(早婚)한 유부남이기에 단념하려 애쓴다.

한편 갑숙은 읍내 상인 권상필의 아들 경호에게 겁탈당한 어
두운 기억을 가지고 있다. 그녀는 앞길이 막혔다는 좌절감에 괴
로워한다. 한편 안승학은 경호의 친부가 사실 구장집 머슴인 곽
첨지라는 출생의 비밀을 우연히 알아내고 이를 폭로하겠다고
위협하여 권상필로부터 돈을 뜯어내려 한다. 그러던 중 갑숙과
경호의 관계를 알고 분노하지만 그는 곧 이러한 사실을 이용해
권상필에게 위자료를 갈취하려 시도한다. 부친의 파렴치한 행
위에 환멸을 느낀 갑숙은 연을 끊고 가출한다.

희준의 영향으로 공장 노동자라는 직업에 관심을 갖고 있던
갑숙은 옥희라는 가명으로 제사공장의 직공으로 취직한다. 한
편 마을에서는 큰 수재가 발생해 농사를 망친 소작인들은 실의
에 빠지는데, 희준은 이들을 단결시켜 안승학을 상대로 소작쟁
의를 벌인다. 제사공장에서도 옥희가 이끄는 노동쟁의가 일어
나며 희준은 이를 지원한다. 쟁의에 성공한 옥희는 원터마을 농
민들을 돕기 위해 희준을 통해 지원금을 쾌척하고 부친을 굴복
시킬 계책까지 제시한다. 자신과 경호의 관계를 소문내겠다고

위협하면 체면을 중시하는 안승학이 무릎 꿇을 것임을 그녀는 잘 알고 있던 것이다. 옥희의 도움으로 희준은 마침내 쟁의를 승리로 이끌게 된다.

MBTI 분석

◈

김희준(ENTJ)

동경 유학생 출신으로 민중의 삶에 깊은 관심을 가지고 청년회, 야학, 농민 봉사, 두레, 소작쟁의, 노동쟁의 등 연대 활동을 활력 있게 펼쳐 나가는 인물. 날카로운 비판 의식과 공명심, 그리고 강한 추진력을 지녔다.

그가 당초에 고토(故土)로 나온 것은 자기 한 집을 위해서나 일신의 행복을 위하고자 함은 아니었다. 그는 세계라는 무대 위에서 뒤떨어진 조선 사회를 굽어볼 때 청년의 피가 끓어올라서 하루바삐 그들로 하여금 남과 같이 따라가게 하고 싶었던 것이다. 그래서 누구보다도 먼저 고토의 동포를 진리의 경종으로 깨우치고서 그는 나오는 길로 많은 열정을 가지고 청년회를 개혁해 보려 하였으나 완전히 실패하고 그 뒤로는 농민의 상태로 농촌 개발을 전력

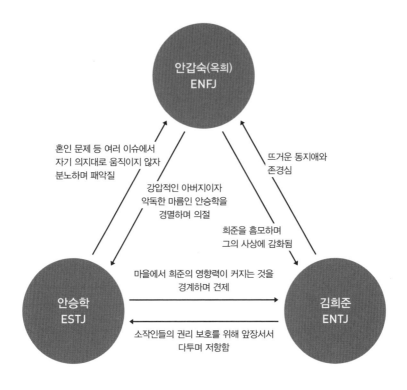

해 왔으나 오늘날까지 이렇다 하고 내세울 만한 것이 아무것도 없었다.

그는 사회 운동에 대한 나름의 탄탄한 이론을 갖추고 체계적으로 계획과 전략을 모색하지만 이상과 현실의 괴리에 따른 내적 갈등에 사로잡히기도 한다.

안승학(ESTJ)

농민을 착취하여 사사로운 경제적 이익을 취하는 데 혈안이 된 원터마을의 마름. 돈의 가치를 절대적으로 숭배하는 왜곡된 자본주의적 인간의 표상이다. 항상 더 큰 이득을 취하기 위해 '물 샐 틈 없는 계획'을 세우고, 계획이 이지러지면 극도의 스트레스를 받는 유형이다. 큰 수재로 농사를 망친 소작농들이 소작료를 감해 달라 애원해도 이를 매몰차게 거부하는 인색한 냉혈한으로, 체면과 명예를 중시한다.

안승학! 그것은 얼마나 증오에 가득 찬 이름이냐? 그는 아귀였다. 그 한 사람으로 말미암아 원터 일경과 상리 부근의 백여 호 작인의 수백 명 식솔들이 지금 생사 지경에서 방황하고 있지 않느냐? 상담(常談)에 때리는 시어미보다도 말리는 시누이가 더 밉다는 격으로 안승학은 지주보다도 더 미웠다.

그런 사람의 자식으로 옥희가 태어났다는 것은 얼마나 희한한 일이냐? 또는 얼마나 고마운 일이냐?

안갑숙(옥희)(ENFJ)

마름 안승학의 딸로, 건전한 공동체 의식과 정의감을 가진 인물. 착취적인 부친을 혐오하며 힘없이 당하는 농민들의 애환에 깊이 공감한다. 온실 속 화초처럼 여려 보이지만 대의를 위해 천륜을 끊고 기득권을 포기할 정도로 강단 있다.

옥희는 품속을 급히 뒤져서 노랑 봉투를 꺼내더니만 그 속에 든 것을 꺼내 보인다.

"그게 웬 것입니까?"

하고 희준이는 놀라운 눈으로 쳐다보았다.

"저, 얼마 되지 않아요…… 지금 제게 있는 것이 이뿐인데 매우들 옹색할 텐데 한때 죽거리라도 쓰게 해주셔요!"

하고 그것을 한 손으로 희준이 앞에다 내민다. 그는 자기가 모아 두었던 것과 또한 동무에게 꾼 것을 그전부터 생각했던 만큼 정성껏 모아 온 것이다.

그는 아까도 부친의 죄를 대속하고 싶다고 말하지 않았는가? 그런 도덕적 관념과 생활의 바른길을 찾자는 경건한 마음에서 그는 그 돈을 내놓을 수 있었던 것이다.

그녀가 아버지인 안승학과 의절하고 나서도 자신의 전 재산을 털어 그의 과오를 대리 속죄하는 모습에서 큰 배포를 엿볼 수 있다.

10

동백꽃

김유정

작품 해제

김유정의 『동백꽃』은 일제강점기인 1930년대 강원도의 아름
다운 자연을 배경으로 토속적인 시골의 일상을 따뜻하게 그려
내고 있는 작품이다.

이 무렵은 일제의 수탈과 착취로 인해 농민 경제가 피폐화되
고 계급 갈등과 불평등이 심화되는 시기였다. 작품에서는 이러
한 사회 문제의 심각성을 명시적으로 다루지는 않으나, 마름집
딸과 소작인의 아들 사이의 권력관계를 해학적으로 그려 내며
당시 농촌의 분위기를 간접적으로 엿보게 한다.

김유정은 청춘 남녀가 주고받는 복잡미묘한 감정을 구수한 강원도 사투리로 섬세하고도 현실감 있게 그려 낸다. 소박하고도 유머러스한 표현으로 미소를 머금게 하면서도 당시 농촌의 실상과 농민들의 역학 관계를 사실적으로 묘사하고 있는 점이 이 작품의 특징이다.

줄거리

17살인 나는 소작농의 아들이다. 마름의 딸인 점순은 성격도 쾌활하고 야무지기로 마을에서 유명한데 유독 나를 못살게 군다. 나는 웬만하면 참고 말을 아낀다.

어느 날 점순이 웬일인지 나에게 삶은 감자를 들이대며 먹어 보라고 권하지만 나는 거들떠보지도 않고 거절을 한다. 그 후로 그녀의 심술이 점점 심해지더니 자기네 수탉과 우리 집 수탉을 자꾸만 싸움을 붙인다. 점순이네 수탉은 살찌고 힘이 좋아 우리 집 수탉을 늘 쓰러뜨려 피 흘리게 한다. 번번이 닭싸움에 지자 화가 난 나는 어디서 들은 대로 닭에게 고추장물을 먹여 보기도 하지만 소용이 없다.

나는 산을 내려오다 점순이 또 닭싸움을 붙여 놓은 광경을 목격하게 된다. 화가 머리끝까지 난 나는 홧김에 점순이네 수탉을 때려죽여 버리고 만다. 곧 정신이 돌아오자 나는 점순이가 마름집 딸이라 부모님에게 피해가 올까 두려워 엉엉 울어 버린다.

이에 점순이 앞으로 자기 말을 잘 들으면 어른들에게 이르지 않겠다고 하여 나는 얼떨결에 그러기로 약속한다. 그 순간 뭐에 떠밀렸는지 나에게로 쓰러지는 점순을 껴안은 채 노란 동백꽃 사이로 넘어져 알싸한 향기에 파묻히고 만다.

MBTI 분석

나(ISTP)

나는 소작인의 아들로 무뚝뚝하며 묵묵히 제 할 일을 성실히 하는 인물이다. 과묵하고 감정을 잘 드러내지 않는 타입. 소년스러운 순진함과 순박함을 지니고 있다. 고지식하고 센스가 부족하며 눈치가 없고 둔한 면모 또한 엿보인다. 마름집과의 권력관계를 인지하고 점순과 거리를 두어 엮이지 않으려 하지만 그녀의 영악한 계략에 기어이 낚이고 만다. 되바라진 점순과 극명히

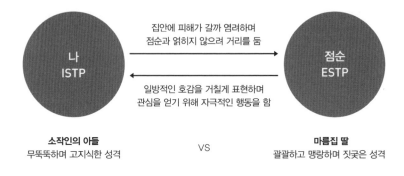

집안에 피해가 갈까 염려하며
점순과 얽히지 않으려 거리를 둠

나
ISTP

점순
ESTP

일방적인 호감을 거칠게 표현하며
관심을 얻기 위해 자극적인 행동을 함

소작인의 아들
무뚝뚝하며 고지식한 성격

VS

마름집 딸
괄괄하고 맹랑하며 짓궂은 성격

대비되는 어수룩함으로 웃음을 자아내는 인물.

가만히 생각을 하니 분하기도 하고 무안도 스럽고, 또 한편 일을 저질렀으니 인젠 땅이 떨어지고 집도 내쫓기고 해야 되는지 모른다. 나는 비슬비슬 일어나며 소맷자락으로 눈을 가리고는 얼김에 엉, 하고 울음을 놓았다. 그러다 점순이가 앞으로 다가와서,

"그럼 너 이담부텀 안 그럴 테냐?" 하고 물을 때에야 비로소 살길을 찾은 듯싶었다. 나는 눈물을 우선 씻고 뭘 안 그러는지 명색도 모르건만,

"그래!" 하고 무턱대고 대답하였다.

점순(ESTP)
점순은 마름의 딸로 괄괄하고 짓궂은 장난기를 지닌 소녀다.

상대방의 처지에 공감하는 능력보다는 자기가 원하는 것을 얻어 내기 위한 행동력과 추진력이 발달한 유형.

"이놈의 계집애! 남의 닭 알 못 낳으라구 그러니?" 하고 소리를 빽 질렀다.

그러나 점순이는 조금도 놀라는 기색이 없고 그대로 의젓이 앉아서 제 닭 가지고 하듯이 또 죽어라, 죽어라, 하고 패는 것이다. 이걸 보면 내가 산에서 내려올 때를 겨냥해 가지고 미리부터 닭을 잡아 가지고 있다가 네 보라는 듯이 내 앞에서 쥐지르고 있음이 확실하다.

그러나 나는 그렇다고 남의 집에 뛰어 들어가 계집애하고 싸울 수도 없는 노릇이고 형편이 썩 불리함을 알았다.

그녀는 행동에 거침이 없고 직설적이며 예측하기 어려운 충동성을 지니고 있다. 관계에서 주도권을 발휘하며 상대방에게 적극적으로 자기 의사를 관철시키는 통제적 성향이 드러난다.

11

탁류

채만식

작품 해제

채만식의 소설 『탁류』는 1930년대 일제강점기를 배경으로 한다. 제목 '탁류'는 문자 그대로 '흐린 물' 또는 '더러운 물'을 의미하며, 경제적 착취와 도덕적 타락이 만연하던 당대의 혼란스럽고 부조리한 사회 현실을 상징한다. 작중 인물들은 가치관의 혼돈 속에서 생존과 욕망 충족을 위해 부정을 저지르거나 억압적인 상황에 휘말려 고통받는다. 특히 주인공 초봉의 기구한 삶은 거대한 역사적 흐름에 무기력하게 떠밀리며 부유하는 사회 구조의 희생양을 대변한다.

이처럼 『탁류』는 단순히 한 개인의 이야기가 아니라 당시 조선 사회의 부조리와 구조적 모순을 적나라하게 드러내는 사회 비판 소설이다. 작품에는 일제의 토지 수탈과 공업화 과정에서의 착취로 인해 양극화와 불평등이 심화되어 가던 당시 사회상이 생생히 그려져 있다. 특히 작품은 당시 가부장제와 경제적 어려움의 이중고에 시달리던 여성들에 가해진 억압과 차별을 집중적으로 조명한다.

줄거리

◆

주인공인 초봉은 순진한 처녀로 군산 미두장(米豆場) 주변을 전전하는 정 주사의 딸이다. 당시 성행하던 투기 열풍에 뛰어든 정 주사는 돈을 벌기는커녕 가산만 탕진하며 하층민으로 전락한다. 그는 탐욕 때문에 자신의 딸 초봉의 혼처를 구하는 데 있어서도 오로지 돈만 생각한다. 그리하여 집안 자산 및 배경을 속인 사기꾼이자 호색한인 은행원 고태수에게 현혹돼 그에게 초봉을 강제로 시집 보내려 한다. 초봉은 진중한 성품의 의학도 남승재를 마음에 두고 있었으나 몰락한 집안을 위해 한 몸 희생한다는 생각으로 태수와 결혼한다.

유유상종(類類相從)이라는 말처럼 태수의 곁에는 장형보라는 흉악한 친구가 있다. 그는 은밀히 초봉을 지켜보며 태수를 제거하고 자신이 그녀를 취하려는 흉계를 꾸민다. 결국 신혼에 남편을 잃고 태수에게 겁탈까지 당한 초봉은 무작정 군산을 떠나 상경하기로 결심한다. 그녀는 평소 자신을 잘 챙겨 주던 약국 주인 박제호를 막연히 떠올리며 그에게 도움받을 수 있기를 희망하는데, 서울로 향하는 기차 안에서 거짓말처럼 정말로 그를 마주친다. 먹고살 방도를 마련해 주겠다는 제호의 유혹에 빠져 초봉은 그와 육체적 관계를 맺고 첩이 된다.

제호는 서울에 집을 마련하여 초봉과 살림을 꾸린다. 그는 진심으로 초봉을 아끼고 귀여워해 주지만 초봉은 지나치게 까탈스러운 태도로 그가 챙겨 주는 돈과 선물만을 당연시한다. 제호는 초봉에게 성병을 옮기도 하고 초봉이 아버지가 누군지로 모르는 아이를 임신한 사실을 알게 되기도 하지만 대수롭지 않게 이해하고 포용하려 한다. 그러나 초봉이 점차 자신에게 소홀해지고 딸 송희에게만 집착하자 그녀에게 물질적 지원을 계속할 마음이 사라지게 된다. 초봉과의 관계를 어떻게 끝낼지 고민하던 차에 형보가 나타나 송희가 자기 아이라고 주장하자, 제호는 속으로 얼씨구나 하며 그에게 못 이기는 척 초봉을 넘긴다. 초봉은 경악한다.

초봉은 더 이상 잃을 게 없음을 느끼며 형보를 저주한다. 자신의 모든 불행이 형보 때문이라 확신하며 초봉은 초인적인 괴력으로 형보를 때려죽인다. 초봉의 옛 애인 승재가 그녀의 동생 계봉과 함께 그녀를 구출하기 위해 나타나자 초봉은 그에게 자신의 뒷일을 부탁하며 경찰에 자수하러 떠난다.

MBTI 분석

정초봉(INFP)

초봉은 시대의 탁류에 이리저리 떠밀리며 더럽혀지는 기구한 팔자의 여인이다. 형편이 어려워진 가족의 생활을 위해 마음에도 없는 결혼을 하고 온갖 악인들에게 희롱당하다가 결국 살인자로 전락하는 비극적인 인물. 착하고 헌신적이며 아량이 있는 성품이지만 천성이 무르고 만만한 탓에 악인들의 먹잇감이 되고 만다.

철든 이후로 무엇에고 나를 고집 못 하던 나!

고태수와 결혼한 것도 알고 보면 내 마음이 무른 탓이요, 장형보

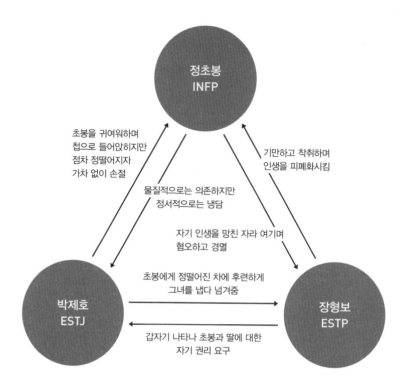

에게 욕을 본 것도 사람이 만만한 탓이 아니더냐. 그러한 보과로
는 내 몸과 청춘을 잡친 것밖에는 무엇이 더 있느냐.

그러고서 시방 또다시 새로운 운명이 좌우되는 이 마당에 임해서
도 다부진 소리 한마디를 못 하는 것은 무슨 일이냐.

그녀는 자아가 약한 탓에 스스로 무엇을 원하는지 잘 모른다.
그저 타의에 휩쓸리며 일이 되어 가는 대로 순응할 뿐. 자기주

장이 없고 거절을 못 하는 성격으로 자신의 미모와 젊음을 노리
는 남성에게 생존을 의탁하고 버림받기를 반복한다.

장형보(ESTP)

인간의 탈을 쓴 악마. 악독한 데다 멍청하기까지 하다. 불우
한 삶에서 비롯된 피해의식으로 인해 괴물이 되어 버린 작자다.
필요에 따라 사람을 이용하고 배신하는 이기주의자이자 기회주
의자의 면모를 보인다. 눈앞의 이익에 눈이 흐려져 온갖 흉계를
꾸미고 사람을 해치는 사이코패스.

형보는 처음에는 와락 이 혼인을 훼방을 놀아 볼까 하는 궁리도
해보았지만, 훼방을 놀기가 어려운 것이 아니라, 그게 자는 호랑
이를 불침 놓는 일이겠어서 생각을 돌려먹었다.

만일 태수와 파혼이 되고 보면, '이 계집애(초봉)'는 도로 처녀로
제 부모한테 매여 있을 테요, 장차 어느 딴 놈의 것이 될지언정 형
보 제가 손을 대기는 제 처지로든지, 연줄로든지 어느 모로든지
지난한 일이나, 그러나 태수와 그대로 결혼을 하고 보면, 얼마든
지 기회도 있고, 조화도 부릴 수가 있으리라 했던 것이다.

'오냐, 우선 너이끼리 시집가고 장가들고 해라. 해놓고 나서 서서
히 보자꾸나.'

박제호(ESTJ)

제호는 산전수전 다 겪은 중년 남성으로 능글맞고 의뭉스러운 인물이다. 겉 다르고 속 다른 타입으로 화내거나 불편한 내색 없이 속으로 이해득실을 철저히 계산한다. 자신에게 도움이 되지 않거나 손해라고 느껴지는 순간 가차 없이 손절하는 냉혈한이기도 하다.

그는 초봉을 손바닥 위에 놓고 마음껏 갖고 놀며 쥐락펴락한다. 물론 초봉과 연을 맺은 초반에는 그녀를 진심으로 귀여워했기에 한없이 인간적이고 너그러운 모습을 보여 준다. 심지어 초봉에게서 성병을 옮고 그녀가 남의 자식을 배도 "일없어(괜찮아)"하며 포용하려는 자세를 보이지만, 초봉에게 투입하는 자원 대비 효용이 시원찮다고 느끼자 머릿속으로 그녀를 떼어 버릴 궁리를 한다.

형보가 나타나자 제호는 옳다구나 하며 구렁이 담 넘어가듯 초봉을 넘겨 버리고 홀가분해한다. 취할 것은 다 취하지만 절대 악역은 맡지 않는 타입.

제호는 속으로, 하하 옳거니! 하면서 무릎이라도 탁 칠 듯이 고개를 *끄*떡거린다.

인제 보니 조그만 놈 유복자 문제가 아니고, 이 친구가 시방 다 자
란 어미 초봉이를 업으러 왔구만? 바루…… 딴은 그래! ……초봉
이도 그래서 저렇게 앵돌아져가지고는…….

제호는 일이 어떻게 신통한지 몰랐다.

마침 주체스럽던 수하물이 아니었더냐! 하나 그렇다고 슬그머니
내버리고 가자니 한 조각 의리에 걸려 차마 못 하던 노릇이다. 그
렇던 걸 글쎄 웬 작자가 툭 튀어들어, 인 다구 그건 내 거다 하니
이런 다행할 도리가 있나! 아슴찮으니 돈이라도 몇 푼 채워서 내
주어야겠다. 어허 실없이 잘되었다. 좋다.

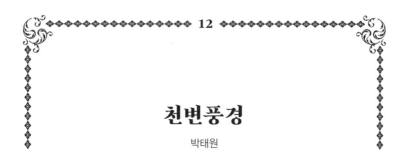

12

천변풍경

박태원

작품 해제

박태원의 소설 『천변풍경』은 일제강점기인 1930년대 청계
천 주변 서민들의 삶과 희로애락을 섬세하게 그려 낸 작품이다.
1930년대는 일제가 대륙 침략의 거점이 된 경성의 도심 공간을
재정비하는 시기였다. 당시 청계천 인근은 도시화와 근대화가
가장 빠르게 진행되던 지역이다. 저자는 일제의 착취와 자본주
의의 무분별한 확산으로 인해 불안정한 삶을 영위하던 도시 주
변부 소시민들의 일상을 중심으로 서사를 전개한다.

청계천 일대는 다양한 계층의 사람들이 밀집하여 거주하는

곳으로 특히 서민과 하층민들의 삶이 역동적으로 펼쳐지는 공간이었다. 소설은 청계천변의 빨래터, 이발소, 한약국, 카페, 여관, 술집, 포목전, 극장, 당구장, 시장 등 당시 소시민들의 일상이 이루어지던 다양한 공간을 배경으로 그들의 생계와 애환을 사실적으로 묘사하고 있다.

작품은 다양한 인물군의 일상과 사건을 관찰자의 시선으로 기록한 군상극(群像劇) 형식을 취한다. 등장인물들은 크게 두 부류로 나뉜다. 하나는 체념적인 서민층이고 다른 하나는 속물적인 중산층이다. 가난한 서민층은 운명에 순응하며 하루하루 먹고사는 일상을 숨 가쁘게 반복한다. 한편 중산층은 재력을 기반으로 속물적 생활을 모색하며 나름의 소소한 즐거움을 찾는다. 그럼에도 두 부류의 공통점은 더 나은 삶을 위한 전망과 계획이 없다는 점이다. 천변의 소시민들은 그저 생계 유지에 급급하거나 사사로운 유희에 빠져 있을 뿐 적극적인 신분상승 의지나 사회개혁 움직임을 보이지 않는다.

작품은 당시의 풍속과 세태를 세밀하고 객관적인 문체로 사실적으로 그려 내고 있어 당시의 시대상을 이해하는 데 중요한 역할을 한다.

줄거리

◆

1930년대의 청계천은 조선인들의 거리인 종로와 왜인들의 마을 본정통(本町通)을 가르는 경계선이었다. 소설에 등장하는 대부분의 인물들이 조선인의 전근대성을 대변하는 가운데 특히 눈에 띄는 근대적 인물이 바로 술집 종업원인 기미꼬다. 그녀는 당장 먹고살기 위해 험한 일을 하지만 주변의 어려운 이들을 챙길 줄 아는 배려 깊고도 강단 있는 여성이다. 그녀는 거친 세파(世波) 속에 다듬어진 노련함으로 강자에게는 강하게 맞서고 약자에게는 손을 내미는 '강강약약(强强弱弱)'의 전형을 보여 준다.

기미꼬는 우연히 하숙집의 심부름꾼 소년에게 딱한 여인의 사정을 전해 듣고 무작정 그 여인을 데려온다. 기미꼬가 손을 내민 그 가여운 여인은 바로 시골에서 상경한 금순이. 그녀는 가난한 집에서 태어나 온갖 고생을 다 하다가 공장에 취직시켜 준다는 금점꾼 사내의 꼬임에 빠져 서울에 왔으나 낙동강 오리 알 신세가 된 상태였다. 기미꼬는 금순이의 기구한 인생사를 구구절절 귀담아듣고는 앞으로 어떻게 먹고살지 생활 방도를 설계해 준다. 기미꼬는 셋방을 얻어 금순이가 집안일을 돕는 조건으로 동료인 하나꼬까지 셋서서 함께 살자고 제안한다. 그리하여 여자 셋의 동거가 시작된다.

 하나꼬가 무교정 부잣집 아들 최 씨에게 청혼을 받자 기미꼬는 함께 기뻐하기는커녕 탐탁지 않아 한다. 술집 여급 출신이 양반댁 맏며느리로 들어가면 구박받을 게 뻔하다는 이유로 만류하는 기미꼬에게 하나꼬는 내심 서운함을 느낀다. 기미꼬가 자신에게 샘나서 질투하는 거라 치부하며 하나꼬는 결혼 준비를 진행한다. 금순은 하나꼬와 기미꼬의 관계가 경색되자 위축되어 눈치를 보지만 어쨌든 맘속으로 하나꼬를 부러워한다.

 기미꼬의 진심은 순전히 하나꼬를 걱정하는 마음이었다. 결혼식에 하나꼬의 부모가 참석할 수조차 없다는 사실에 기미꼬는 자기 일처럼 씁쓸해한다. 기미꼬는 하나꼬에게 시집살이의 주의점들을 세세히 일러 주는 한편 비싼 경대까지 사서 챙겨 주며 우려스러운 마음을 대신한다. 하지만 안타깝게도 기미꼬의 걱정은 곧 현실이 된다. 하나꼬가 시어머니의 꼬장에 시달리며 고통받고 남편의 애정이 식어 괴로워하기까지 오래 걸리지 않던 것.

 기미꼬와 금순은 하나꼬에 대한 안타까움을 품은 채 서로에게 더욱 의지하며 다시 하루하루를 열심히 살아간다.

MBTI 분석

기미꼬(ESFJ)

기미꼬는 속이 깊고 진심으로 상대를 위할 줄 아는 배려심 강한 여성이다. 자기 마음에 든 상대는 오지랖에 가까울 정도로 살뜰하게 챙기며 현실 감각을 바탕으로 진심 어린 조언을 아끼지 않는다. 긍정적인 에너지가 넘치고 모든 일들을 자기 일처럼 앞장서서 챙기는 큰언니다운 면모가 돋보인다.

그녀는 부드러우면서도 강단이 있다. 거친 세파에 시달린 결과 악한 자를 잘 알아보고 보통 아닌 성격을 드러내기도 한다. 전형적인 강강약약 스타일. 금순이를 꾀어 서울로 데려온 악랄한 금점꾼에게 웃는 낯으로 비꼬는 장면은 단연 압권이다.

기미꼬는 싱긋 한 번 웃어 보이고,
"금순이에 관해 무슨 말씀을 하러 오셨는지, 하여튼 좀 앉으시지요."
그리고 그는 남자보다 먼저, 우선 자기가 자리를 잡고 앉으며, 태

기미꼬
ESFJ

기미꼬의 진심 어린 걱정을
질투로 오해하나
곧 그녀의 진정성을 깨닫고
반성함

은인으로 감사히 여기며
의존하고 존경

마치 자기 일처럼 걱정하고
위하며 오지랖에 가까울 정도로
세세히 조언함

위험에서 구제한 뒤
연민의 정을 느끼며 혈육처럼
살뜰히 챙김

함께 살던 날들을 추억하며 그리워함

하나꼬
ISFP

금순
INFP

부잣집에 시집가는 것을 부러워하며
행복하게 잘 살기를 바람

연한 얼굴로 그 뻔뻔스러운 사나이의 다음 말을 기다리는 것이다.

'야, 이건, 이만저만헌 기집년이 아니로구나……'

"대체, 처음 들어가는 길루 하루에 이 환 칠십 전씩 준다는 공장은

어디 있는 무슨 공장이에요? 금순이는 그만두구래두, 우선 나버텀

좀 넣어주슈. 카페 여급 노릇두 이젠 아주 지긋지긋허니……"

하고, 그러한 종류의 비꼬아 하는 수작을 들으리라고는 꿈에도 생

각하지 못하였던 자기가 이를테면 도리어 무던하나 단순하고 또

어리석은 동물이었다.

그는 분노와 굴욕으로 하여 얼굴을 붉힌 채, 더 앉아 있어야 꼴만 사나울 줄 알면서도 일어나지를 못하고 있었다.

그녀는 자신도 사회적 약자지만 또 다른 약자의 삶을 보듬을 줄 아는 배포가 큰 여인이다. 가진 것 하나 없는 하나꼬가 시댁에서 무시받지 않도록 하기 위해 없는 살림에 값비싼 경대를 사서 챙겨 보내는 도량은 독자에게까지 깊은 감동을 선사한다. 피를 나눈 혈육 그 이상으로 큰 사랑과 배려를 나눌 줄 아는 의리 있는 인물이다.

하나꼬(ISFP)

하나꼬는 의지할 곳을 찾기 원하는 여리고 수동적인 여인이다. 술집 여종업원으로서의 거친 삶을 버텨 내기가 고되어 마음이 약해질 대로 약해진 그녀는 먹고살 수만 있다면 남자 소실로 들어가도 상관없다고 여긴다. 자존감이 바닥을 치는 상황에서 그녀는 자기 좋다는 부잣집 남자 최 씨가 유부남인 줄 알면서도 동아줄 붙잡듯 생존을 의탁하고자 한다.

다행히 최 씨가 이혼을 하고 하나꼬에게 청혼하지만 옆에서 기미꼬가 부잣집 시집살이가 녹록지 않을 거라며 탐탁지 않아 한다. 이에 기미꼬가 자신을 질투하는 걸로 여기고 의심하는 장면에서 하나꼬가 얼마나 순진하고 세상 물정에 어두운가를 엿볼 수 있다. 그녀는 다행히 기미꼬의 진정성을 깨닫고 그녀의 조언 하나하나에 귀 기울인다.

그녀는 결혼하자마자 시모의 패악에 당면하지만 자신이 처한 상황을 인내하고 홀로 감당하려 한다. 시집살이가 아무리 고되어도 자신이 택한 길이기에 그 누구도 원망하지 않고 시모에게 대들거나 불평불만을 토로하지 않는다. 결혼 후 얼마 되지 않은 시점에 남편이 바람을 피워도 그저 속으로 삭이며 모든 것을 자신의 숙명으로 받아들인다. 천성이 순종적이기에 일탈 행위는 꿈도 꾸지 못하며 이를 악물고 참아 내며 살아간다.

자기를 사랑해 주는 이들이 현재 자기가 행복되다 생각하고 있든, 불행되다 생각하고 있든, 자기는 결코 그이들에게 이 고생을 이 슬픔을 알려서는 안 된다.
나의 일은 역시 나 혼자 처리할 것이요. 나의 슬픔도 오직 나의 마음속에만 간직하여, 결코 이 집을 나가는 일 없이, 어디까지든 모든 박해와 싸워 가리라, 그것은 이를테면 영이(하나꼬의 한글 이름)

와 같은 경우에 있는 여자가 자기 한 사람에게 너무나 가혹한 주위에 대하여, 복수를 이룰 수 있는 오직 한 개의 수단인 것이다.

'모든 것을 참자. 죽어도 이 집 귀신이다……'

금순(INFP)

금순은 일찍이 자신의 기구한 팔자를 깨닫고 체념적으로 살아가는 여성이다. 그녀는 더 잃을 것이 없다는 절박한 심정으로 공장에 취직시켜 준다는 낯선 남자의 말에 속아 무작정 상경한다. 낯선 남자의 선의를 막연히 기대하며 위험에 뛰어든 그녀는 마치 벼랑 끝에 선 어린 양처럼 순진하고 무지하다.

불행에 익숙한 사람은 유혹에 빠지기 쉽다. 어디 사는 누구라고도 모르는 오직 한 번 본 '외간 남자'의 '엉뚱한 수작'에도, 대체 그 뒤에 어떠한 '음모'가 감추어져 있는지, 그러한 것을 잠깐 생각해 보려고도 안 하고, 쉽사리 남자의 말을 좇고 말았던 그는, 역시 그 과거에 오직 불행만을 가진 여자다.

탓을 하자면 너무나 기박한 자기의 팔자 탓이나 할까?

어디선가 갑자기 기미꼬라는 존재가 나타나 그녀를 거두어 준 건 그저 천운이었다. 그녀는 자신에게 아낌없이 베풀고 아픔을 보듬어 주는 기미꼬에게서 진정한 사랑을 배운다. 금순의 동생 순동이까지 품어 주는 기미꼬의 배포 덕분에 금순은 상처를 회복하고 살아갈 힘을 얻는다.

13

삼대

염상섭

작품 해제

❖

염상섭의 소설 『삼대』의 배경은 일제 치하인 1920년대 중반의 경성이다. 이 시기는 한국 사회에 자본주의와 근대적 사고방식이 확산되면서 전통적인 유교 질서와 충돌하던 전환기로, 각자 상이한 세대를 대변하는 인물들이 가치관 차이로 인해 대립과 갈등을 겪는다는 설정은 당시의 혼란한 시대상을 상징한다.

소설의 주인공은 경성의 만석꾼 집안 조씨 가문 '삼대'를 이루는 세 주역인 할아버지 조 의관, 아버지 조상훈, 손자 조덕기다. 시간의 흐름에 따라 조씨 가문의 중심축이 이동하는 과정은 당대 역사의 축소판과도 같다. 양반 행세를 하기 위해 족보와 의관 직함을 돈 주고 살 정도로 고루하고 봉건적인 구세대의 전형 조 의관, 신문물을 받아들이지만 가치관 혼돈으로 위선적인 이중생활에 빠지는 과도기적 인간형 조상훈, 그리고 혼란스러운 시대상과 집안 풍파에 갈팡질팡하면서도 민족과 가문을 위한 올바른 방향성을 모색하는 신세대 지식인 조덕기까지, 삼대에 걸쳐 전개되는 다사다난한 가족사는 당대의 사회적 변천과 정신사의 이면을 되짚게 한다.

저자인 염상섭의 예리한 관찰력과 치밀한 표현력은 작품에 입체감을 더한다. 그는 당시의 중산층 지식인, 이념적 인물, 퇴폐적 인물 등 다양한 인간 군상의 면면과 풍속을 두루 꿰차고서 당시의 현실을 생동감 넘치게 그려 내고 있다. 인간 내면의 밑바닥까지 꿰뚫어 보는 날카로운 시선과 통찰력은 염상섭 특유의 사실주의를 완성한다.

구한말 세대의 보수성과 개화기 세대의 정신적 파탄, 식민지 세대의 진보성을 조(祖)·부(父)·손(孫)의 삼각 구도를 통해 적나라하게 대립시킨 『삼대』는 당대 사회 구조의 모순과 세대 간 갈등을 더없이 리얼하게 묘사해 낸 작품이다.

줄거리

◆

　대지주인 조부 조 의관은 집안의 크고 작은 제사를 받들며 가문의 명예를 키워 나가는 것을 가장 중대히 여긴다. 이러한 그가 가장 못마땅하게 여기는 사람은 바로 아들 조상훈이다. 장남이면서도 봉제사(奉祭祀)를 기독교 교리에 어긋나는 우상 숭배라 반대하며 교회 사업에 골몰해 집안의 돈을 바깥으로 갖다 쓰는 데만 혈안이 되어 있기 때문이다. 조 의관은 상훈을 도외시하고 손자인 덕기에게 믿음을 가진다. 그는 자신이 죽은 뒤 금고와 사당 열쇠를 덕기에게 맡기리라 마음먹는다.

　상훈은 명예를 중시하는 교회 장로이지만 사생활은 축첩(蓄妾), 술과 노름으로 얼룩진 난봉꾼이자 위선자다. 덕기는 겉으로 내색하지는 않으나 조부와 부친 모두를 내심 못마땅해한다.

　조 의관의 임종을 앞두고 재산 분배가 논의되면서 그간 잠재해 있던 조씨 가문의 불화와 암투가 수면 위로 드러난다. 조 의관의 어린 후취인 수원집과 그녀를 조 의관에게 소개해 준 최 참봉 등은 재산을 독식하려 유서 변조를 계획하고 조 의관을 독살한다. 상훈은 부검의 필요성을 주장하지만 집안 어른들의 반대에 부딪혀 좌절된다. 이렇게 수원집 일당의 만행이 완전 범죄로 마무리되는 듯했으나 곧 덕기가 재산 관리권을 손에 넣으며 국면은 전환된다.

한편 상훈은 법적으로 일순위 상속자인 자신의 권리가 아들에게 넘어가자 부친의 유서와 토지 문서가 든 금고를 훔쳐 달아나다 경찰에 붙잡힌다. 결국 훈방 조치로 풀려나기는 하지만 이미 그의 치졸한 음모가 모두 까발려진 뒤였다. 타의에 의해 집안의 가장이 된 덕기는 무거운 책무를 느끼며 조씨 가문의 유업을 어떻게 이끌어 나갈지 망연해한다.

MBTI 분석

조 의관(ESTJ)
돈과 실리에 집착하는 현실주의자이자 고루한 인습에 사로잡힌 봉건주의자다. 변화를 거부하고 안정된 방식에 의존하며 질서와 전통을 중시한다. 가족 구성원들에게도 자신의 논리와 규율을 따를 것을 요구하며 세세한 부분까지 관리하고 통제하려는 성향을 보인다. 감정보다는 이성을 기반으로 결정을 내리며,

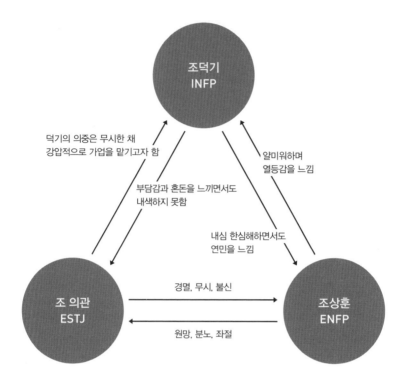

인간관계보다 명예와 규율, 물질적인 문제를 중시한다. 자신이 정한 규칙과 가치를 엄격히 지키려는 고집과 아집, 독단적 태도가 드러난다.

조 의관은 가문의 재산과 명예를 높인다는 자신의 목표에 상훈이 방해가 된다는 판단으로 그를 완전히 무시하고 배제한다. 상훈이 피를 나눈 혈육이자 장남이라는 사실은 그리 중요치 않다. 도움이 안 되는 핏줄보단 차라리 도움 되는 남이 낫다는 주의다. 이처럼 조 의관은 목표와 계획 앞에 냉철하며 피도 눈물도 없는 무정한 타입이다.

상훈이 눈 밖에 난 마당에 조 의관이 믿는 사람은 스물세 살의 손자 덕기뿐이다. 그에게 있어 덕기의 의중은 중요치 않다. 덕기가 금고와 사당의 열쇠를 맡기 꺼리며 주저하는 기색을 보이지만 의관은 거의 우격다짐으로 자신의 의지를 관철시키려 한다.

"공부가 중하냐? 집안일이 중하냐? 그것도 네가 없어도 상관없는 일이면 모르겠지마는 나만 눈감으면 이 집 속이 어떻게 될지 너도 아무리 어린애다만 생각해 봐라. 졸업이고 무엇이고 다 단념하고 그 열쇠를 맡아야 한다. 그 열쇠 하나에 네 평생의 운명이 달렸고 이 집안 가운이 달렸다. 너는 그 열쇠를 붙들고 사당을 지켜야 한다. 네게 맡기고 가는 것은 사당과 그 열쇠 두 가지뿐이다. 그 외에는 유언이고 뭐고 다 쓸데없다. 이때까지 공부를 시킨 것도 그 두 가지를 잘 모시고 지키게 하자는 것이니까 그 두 가지를 버리고도 공부를 한다면 그것은 송장 내놓고 장사 지내는 것이다. 또 공부도 그만쯤 했으면 지금 세상에 행세도 넉넉히 할 게 아니냐."

조상훈(ENFP)

뚜렷한 현실 감각이나 비판 의식 없이 안이하게 살아가는 방탕한 난봉꾼. 명예와 체면을 중시하나 체통이 없고 경망스럽다. 스스로 추구하는 이상적인 자아상과 현실적 자아 간의 괴리가 커서 위선자의 면모가 두드러진다. 희로애락의 노예로 감정이 격해지면 이성의 끈을 놓아 버리는 타입. 동정과 연민을 느끼긴 하나 결국 이기적으로 행동하며 무책임하다. 뒷일을 생각하지 않고 일을 벌이는 충동적 성향을 띤다.

상훈은 큰돈을 들여 족보와 묘소를 꾸미고 명문 집안 행세를 하는 가문 치장 사업을 쓸데없는 일로 보고 반대하여 부친의 눈 밖에 난다. 완고한 부친의 뜻에 순종하지 않으면서도 떳떳하게 독립하지 않고 집안 돈을 퍼다 쓴 것은 상훈의 치졸한 면이다. 의무는 다하지 않고 권리만을 찾는 상훈의 무책임한 면모는 부친과의 대립을 자초하는 면이 있다.

한편 그는 속을 알 수 없는 아들 덕기를 얄미워한다. 자신에게 대놓고 대들거나 저항하지는 않지만 가끔씩 입바른 소리를 하는 아들에게 실망하고 분노한다. 만만한 게 덕기라 폭발하는 감정을 주체하지 못하고 폭언과 욕설을 내뱉는 것은 물론 주먹을 들어올리기도 한다. 부친이 자기를 건너뛰고 덕기를 신임하는 것에 불만을 느끼고 열등감을 느끼기도 한다.

"이놈, 불한당 같은 소리만 하는구나? 돈 천도 못 되는 것을 치러줄 수 없다는 놈이 무어 어째?"

부친은 신경질이 일어났는지 별안간 달려들더니 주먹으로 뺨을 갈기려는 것을 덕기가 벌떡 일어서니까 주먹이 어깨에 맞았다. 병적인지 벌써 망령인지는 모르겠으나 점점 흥분하게 해서는 아니되겠다 하고 마루로 피해 나와 버렸다. 그러나 금시로 정이 떨어지는 것 같고, 그 속에 앉은 부친은 딴 세상 사람같이 생각이 들었다. 신앙을 잃어버리고 사회적으로 활약할 야심이나 희망까지 길이 막히고 보면야, 생활이 거칠어 가는 수밖에는 없을 것이라고 동정도 하는 한편에, 이미 신앙을 잃어버린 다음에야 가면을 벗어버리고 파탈하고 나서는 것도 오히려 나은 일이라고도 하겠으나, 노래에 이렇게도 생활이 타락하여갈까 하고, 덕기는 부친에게 반항하기보다도 다만 혼자 탄식을 하는 것이었다.

조덕기(INFP)

유약하고 무던한 부잣집 아들 타입. 수동적 온건성을 지닌 인물로 다소 우유부단하며 속마음을 잘 내색하지 않는다. 대립하는 조부와 부친 사이에서 중도적 입장을 취하며 갈등을 회피한다. 순응적이고 인내심이 많은 성격 덕에 조부에게 신임과 재산을 얻으며 어느 쪽으로부터도 미움받지 않는다. 나름 속으로 생각이 많지만 겉으로는 집안 갈등에 거리를 두며 깊이 연루되기를 피한다. 공감 능력과 동정심이 있으며 되도록 상황을 좋게 해석하려 애쓴다.

덕기는 현대적인 삶과 자유를 중시하는 성향을 지닌 까닭에 자신에게 가업을 맡기려는 조부의 독단에 부담을 느낀다. 덕기는 조부가 전통적인 질서와 의례, 그리고 재산과 명예를 왜 그리도 병적으로 중시하는지 이해하지 못한다. 감히 들이받을 용기가 없어 조부에게 겉으로는 순종하면서도 덕기는 속으로 극심한 내적 갈등을 겪는다.

한편 부친에 대한 덕기의 감정은 경멸과 연민 사이를 줄타기한다. 덕기는 부친인 상훈을 내심 한심해하면서도 특유의 공감 능력을 발휘해 그를 가엾게 여기기도 한다. 하지만 결코 상훈을 깊이 이해하려 애쓰지는 않으며 그로부터 일정한 거리를 둔다.

부친—부친도 가엾다. 때를 못 만났고 이런 시대에 태어났기 때문도 있다. 그러나 실상은 자기의 성격 때문이다. 조부의 성격 때문인지도 모른다. 같은 시대, 같은 환경, 같은 생활 조건 밑에 있으면서도, 부친의 걸어온 길과, 병화의 부친이 걷는 길과, 필순이 부친의 길이 소양지판으로 다른 것은 결국에 성격 나름이다. 돈 있는 집 아들이라고 모두 부친 같은 생활을 할까! 그것을 생각하면 사람의 운명이니 숙명이니 팔자니 하는 것은 결국 성격에서 우러나오는 것, 성격 그것을 말하는 것 같다.

상훈이 나름 아버지로서 자식에 대한 권위를 유지하려 하지만 덕기는 독립적인 삶을 지향하며 이를 거부한다. 그의 모친은 불륜을 일삼는 상훈의 난봉질에 '네 아버지 내력' 운운하며 아들 덕기에게 주의를 주는데, 이럴 때마다 덕기는 부친과 자신은 다른 성향을 지닌 별개의 인격체라고 선을 그으며 스스로를 다잡는다.

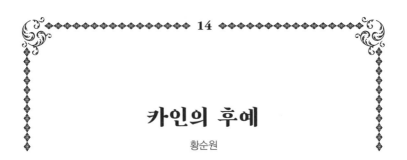

카인의 후예

황순원

작품 해제

❖

황순원의 『카인의 후예』는 광복 직후인 1946년 북한에서 시행된 토지 개혁을 배경으로 서사를 전개한다. 당시 북한 정권은 공산국가 건설을 위해서 일제의 잔재 및 봉건 세력을 청산할 필요가 있다고 보고 소작인과 마름을 동맹케 하여 지주에 대항해 투쟁하도록 강요했다. 이에 농민들이 서로를 감시하고 지주를 적대시하게 되면서 농촌의 생활·경제 공동체는 한순간에 와해되고 말았다.

'카인의 후예'라는 제목은 당시의 혼란상과 관련이 있다. 카인은 구약성서에 등장하는 아담과 이브의 장남으로 동생 아벨을 질투하다 앙심을 품고 살해한 인물이다. 성경 속 인류 최초의 살인이 혈육을 대상으로 이루어진 것처럼, 소설 속 '카인의 후예'들의 증오와 살의도 가족처럼 동고동락하며 지내던 동네 사람들을 향하게 된다.

소설 속 '카인의 후예'들이 카인과 달랐던 점은 그들의 본성이 악한 게 아니라 시대 상황이 악했다는 것이다. 그들은 삶을 위협당하는 비정한 현실 앞에 살아남기 위해 양심을 저버리거나 타락을 택했던 것이다. 작품은 당시 정치 논리와 이념에 동원되어 인간성을 상실했던 카인의 후예들이 실상 악인이 아니라 비극적인 역사의 희생양일 뿐임을 암시하고 있다.

줄거리

◆

평안도 순안 양짓골의 지주 계급 출신인 박훈과 그의 집에서 마름을 하던 도섭 영감의 딸 오작녀는 오래전부터 서로 사랑하는 사이다. 그러나 신분 격차로 인해 둘은 이루어지지 못하고 오작녀는 다른 비슷한 집안에 시집을 가게 되었다. 그러나 남편의 구박에 못 이겨 친정으로 돌아온 상황. 그녀는 훈의 집에 기거하며 그의 뒷바라지를 한다. 훈과 오작녀는 윤리적 장벽과 현실적 제약으로 인해 적극적으로 결합하지는 못하지만 서로 돕고 의지하며 살아 나간다.

훈은 마을 소작인의 자식들을 위해 야학을 운영하고 있지만 해방이 되어 북한 정권이 들어서면서 야학을 압수당한다. 한편 도섭 영감은 군 당부의 압력을 받아 얼떨결에 농민 위원장이 되어 토지 개혁에 앞장서게 된다. 마름을 한 과거를 묻지 않는 대신 지주를 마을의 '공공의 적'으로 만들어 숙청하라는 조건과 함께. 도섭 영감은 생존을 위해 눈에 불을 켜고 나선다. 대부분의 농민들은 급변하는 상황에 당황하면서도 눈앞의 이익을 좇아 행동하며, 특히 마름들은 과거의 소행이 두려워 지주 비판에 허겁지겁 앞장선다.

농민대회가 열리고 몇몇 지주들이 반동분자로 몰려 숙청을 당한다. 농민들이 훈의 집에도 밀어닥치지만 오작녀가 앞에 나서 훈과 이미 부부 사이가 되었다고 거짓말을 하여 위기를 모면한다. 도섭 영감은 자신에게 비협조적인 딸의 소행이 부끄럽고 또 못마땅해 패악을 부리며 훈의 조부 송덕비까지 도끼로 쳐 넘어뜨린다.

　이러한 혼란 속에 훈은 사촌동생 혁의 도움으로 오작녀와 함께 월남할 것을 계획한다. 그즈음 혁의 부친이자 훈의 숙부인 박용제가 사동 탄광에 끌려갔다가 탈출해 자살하는데, 이에 혁은 도섭 영감을 살해하려 마음먹는다. 이를 눈치챈 훈은 월남 계획을 보류하고 차라리 자기 손으로 도섭 영감을 잡아 죽이겠다고 결심한다.

　그때 도섭 영감은 자신의 아들 삼득이가 박용제의 묘자리를 파 주었다는 이유로 농민 위원장 자리에서 숙청되고 눈에 뵈는 게 없는 상황. 훈은 산 위에서 도섭 영감과 마주하여 그의 옆구리에 칼을 찔러 넣는다. 영감은 지지 않고 죽기 살기로 낫을 휘두르는데 이때 오작녀의 동생 삼득이 나타나 막아서서 대신 상처를 입는다. 훈은 삼득이 항상 자신의 항상 신변을 걱정하여 미행해 왔음을 비로소 깨닫는다. 삼득이가 훈에게 누나인 오작녀를 데리고 빨리 떠나라고 말하자, 그제야 훈은 정신을 차리고 오작녀와 함께 양짓골을 떠난다.

MBTI 분석

◆

박훈(INFP)

결벽할 정도로 양심적이지만 시대 변화 속에 패배 의식에 사로잡힌 지주 출신의 지식인. 현실을 관념적으로 바라보며 관조적이고 수동적인 성향을 보인다. 토지 개혁에 따른 숙청의 위협에 직면해서도 적극적으로 생존을 모색하지 않으며 거의 체념

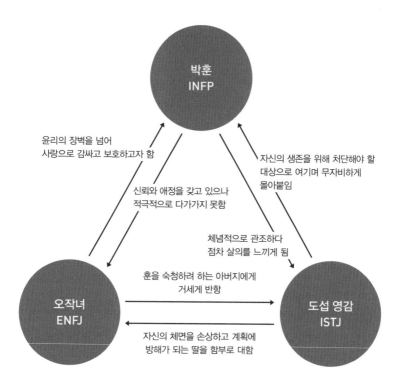

한 채로 도피를 주선하는 주변인들의 도움을 받을 뿐이다. 사랑하는 여인 오작녀가 그를 구하기 위해 위험을 무릅쓰지만 그녀가 아직 유부녀이기에 도덕적 이유로 적극적으로 다가가지도 못한다.

훈은 저도 모르게 입 밖에 내어 중얼거리고 있었다.

"나두 살구 싶지는 않다! 나두 살구 싶지는 않다!"

오작녀의 고개가 가슴에 와 비벼졌는가 하자 헉 하는 소리와 함께 나가쓰러졌다.

잠시는 숨넘어간 사람처럼 움직이지 않았다. 등어리가 들썩 하고 크게 한번 움직였다. 둥근 어깨에 경련이 일었다. 머리카락 새로 흐느낌 소리가 새어 나왔다.

훈은 온몸의 피가 자꾸 위로 끓어 올라옴을 느꼈다. 그러자 가슴 한구석에서 부르짖는 소리가 있었다. 지금 네가 하려는 일은 무서운 일이다. 손가락 하나 까딱해서는 안 된다. 이 여인의 어깨를 가려 주기 위해서라도 손가락 하나 까딱해서는 안 된다. 어서 이 여인에게서 눈을 돌려라!

무엇에 쫓기듯이 그곳을 뛰쳐나왔다.

그는 오랜 성찰과 고뇌 끝에 카인의 표식을 받아 행동형 인간으로 변모해 간다. 행위의 정당성을 찾고 결심하는 데까지 많은 시간이 필요했던 것. 살인은 범죄행위지만 배신자를 심판한다는 생각으로 도섭 영감을 죽이기로 결심하며 그는 카인의 후예로 거듭나게 된다.

도섭 영감(ISTJ)

천성적으로는 선하고 책임감 강한 원칙주의자이나 생존 본능으로 인해 점점 살기(殺氣)로 충만해지는 인물. 지주에게는 호의적이고 소작농에게는 엄격한 마름이었지만 시대 변화를 감지하고 태세를 빠르게 전환하는 기회주의자로 묘사된다. 북한 당국의 협박에 못 이겨 토지 개혁의 행동대원으로 앞장서게 되면서 카인의 심성을 가진 냉혈한으로 변모한다.

이즈음 와선 도섭 영감이 훈네집 울타리는 고사하고 훈과 대면하는 것조차 꺼리는 듯, 짐짓 제 편에서 외면을 하는 것이었다. 그것은 또 이제 토지 개혁이 실시되어 지주의 토지를 모조리 몰수해 가지고 농민에게 무상분배를 한다는 말이 이 가락골 마을에도 떠들어 오자부터의 일이었다.

훈은 모든 것을 세월의 탓이리라 했다……

도섭 영감네 안뜰에서 그냥 싸우는 소리가 들려왔다.

"이년아, 넌도 인젠 그만 식모살일 해라!"

도섭 영감은 오작녀의 머리채를 끌어 잡은 채였다.

"아바진 박 선생(박훈)한테 너무해요!"

팽팽히 켕겨진 머리카락 밑에서 오작녀는 입에 거품을 물었다.

"뭣이 어때? 이, 이 당장에 목을 눌러 죽일 년 같으니라구!"

오작녀(ENFJ)

오작녀는 일견 여리고 연약해 보이지만 신념과 사랑을 지키는 데 있어 그 누구보다도 적극적이고 열정적인 인물이다. 사랑하는 박훈에게는 온순하고 순종적이면서도 그를 보호하기 위해서는 모든 위험에 맞서는 강단 있고 당찬 여인.

"당신네는 아무것두 몰라요!"

오작녀는 입술을 잘끈 깨물고 나서,

"우리는 부부가 됐이요!"

그러고는 지그시 눈을 감아 버리고 마는 것이었다. 지금까지 지탱해 온 힘이 이것으로 다해진 듯한 낯빛이었다.

모여 섰던 사람들이 웅성거리기 시작했다.

청년(박훈)도 적이 놀라는 빛이었다. 일이 그렇게까지 되었던가. 박천 어디선가도 여자 지주가 자기 머슴과 결혼하여 화제를 일으킨 일이 있었다. 그걸로 그 여자 지주는 숙청을 면한 것이었다.

훈이 숙청의 위협에 당도한 순간 그를 온몸으로 막아선 채 그와 부부가 되었으니 물러가라고 단호하게 외치는 오작녀의 모습은 시대의 부조리에 저항하는 강인함의 표상이다.

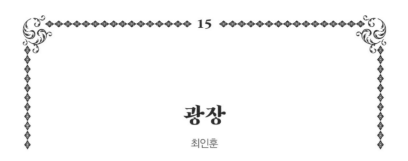

광장

최인훈

작품 해제

◆

　최인훈의 소설 『광장』은 광복 이후부터 한국전쟁에 이르기까지 남한과 북한을 둘러싸고 이데올로기 대립이 극에 달했던 냉전기의 현실을 배경으로 한다. 남한과 북한 체제가 각기 어떤 방식으로 개인의 자유와 존엄성을 억압하는지를 주인공 이명준의 입을 통해 묘사함으로써 분단 현실의 비극을 그려 내고 인간소외 문제를 비판하는 작품이다.

　이 소설이 발표된 시점은 4·19 혁명 이후 민주화의 물결이 일어난 시기로, 분단 상황과 남북한 문제에 대해 비로소 객관적

접근이 가능해진 사회 분위기의 변화를 반영한다. 이와 관련해 저자인 최인훈은 『광장』 초판 서문에서 이렇게 적고 있다.

구정권 하에서라면 이런 소재가 구미에 당기더라도 감히 다루지 못하리라는 걸 생각하면서 빛나는 4월이 가져온 새 공화국에 사는 작가의 보람을 느낍니다.

저자 최인훈은 실제 해방 이후 남한과 북한에서 모두 거주해본 경험을 살려 각 체제의 실상을 날카롭게 파헤치고 비판한다. 이때 북한 사회에 대한 환멸을 상징하는 용어가 바로 '광장'이고 남한 사회에 대한 조롱을 상징하는 용어가 '밀실'이다. 저자는 개인적 고뇌의 자유를 허하는 밀실 없이 단일한 목소리만을 강요하는 광장만 유지되는 북한도 문제요, 제대로 된 광장 하나 없이 사사로운 욕망과 방종으로 얼룩진 밀실만 넘쳐나는 남한도 문제라고 지적한다.

그는 광장과 밀실 중 어느 하나에만 갇혀서는 인간이 살 수 없다고 지적하면서 당대 정치 현실의 부조리성을 비판하는 동시에 인간 존엄성 회복을 위한 바람직한 방향성을 암시한다.

줄거리

◆

주인공 이명준은 대학에서 철학을 전공하는 평범한 학생이었다. 그의 삶에 균열이 일어난 건 바로 월북한 그의 아버지가 대남방송에 나왔다는 이유로 S서에 호출되어 가혹한 취조를 당하면서부터다. 그는 형사에게 폭행을 당하며 억울해하지만 곧 공권력의 횡포에 대항해 아무것도 할 수 없음을 깨닫고 무력감에 빠진다. 공적인 인생길이 막혔다는 좌절감에 명준은 사적인 삶에서 돌파구를 찾는다. 그는 곧 윤애라는 여인과 인연을 맺게 되지만 그 알량한 연애조차 뜻대로 되지 않는다. 연애에서 그가 얻은 건 사람과의 사귐이란 믿을 수 없다는 공허감뿐이었다. 명준은 더 이상 남한 사회에서 기대할 것이 없고 더 잃을 것도 없다는 생각으로 홀연히 월북하게 된다.

그러나 도망친 곳에 낙원은 없었다. 북에서 재회한 아버지의 주선으로 명준은 노동신문 기자가 되지만 공산주의의 현실은 들여다볼수록 실망스러웠던 것. 북한 사회에는 성찰의 공간인 밀실이 차단되고 신념 없이 사상만을 부르짖는 공터만이 남아 있다.

그 와중에 몸을 다쳐 병원에 입원한 명준은 위문차 찾아온 국립극장 소속 발레리나 은혜를 만나 사랑에 빠진다. 명준은 그녀에게 위안을 얻으며 밀실로 깊이 파고든다. 그는 둘만의 밀실에서 은혜와 불같은 사랑을 나누면서도 그녀가 자의로든 타의로든 갑자기 사라질지 모른다는 불안감에 사로잡힌다. 그들이 발붙이고 사는 곳은 개인들의 밀실을 부정하는 광장이기 때문에 이러한 불안은 상존할 수밖에 없었던 것. 결국 그의 불안은 현실화되어 은혜는 하루아침에 공연을 위해 모스크바로 떠나 버린다. 명준에게 모든 것을 내어 준 그녀였고 뜨겁게 사랑한 관계였기에 버림받았다는 충격은 더욱 강렬했다.

명준은 곧 한국전쟁에 참전한다. 그는 인민군 장교로 낙동강 사단 사령부에 투입되어 활동하던 중 그곳에서 뜻밖에도 은혜를 재회하게 된다. 그녀가 명준을 만나기 위해 간호병에 지원해 간호장교로 오게 된 것이다. 은혜는 명준에게 용서를 빌고 명준은 그녀를 포용한다. 둘은 전쟁터에서 거칠 것 없이 뜨거운 사랑을 나눈다. 사랑의 결실로 은혜가 아기를 잉태하지만 폭격에 전사하고 만다. 명준은 다시 모든 것을 잃었다.

곧 국군에 사로잡혀 전쟁 포로가 된 그는 남한과 북한 중 어느 체제를 택할 것인지 선택을 강요받는다. 그는 흔들림 없이 중립국행을 원한다. 남한과 북한 그 어느 쪽에도 이상적인 광장은 없었기 때문이다. 중립국 인도로 향하는 타고르호 선상에서 그는 두 마리 갈매기가 되어 푸른 하늘을 날아가는 은혜와 딸을 본다. 드넓은 바다, 그곳이 바로 명준이 찾던 광장이었다. 그는 망망대해에 몸을 던져 사라진다.

MBTI 분석

◈

이명준(INTP)

명준은 철학도답게 사색적이며 현실을 관념적으로 인식하는 성향을 보인다. 회의적이고 염세적인 성향으로 인해 남한과 북한 각 사회의 맹점에 주의를 기울인다.

"남녘에 있을 땐, 아무리 둘러보아도, 제가 보람을 느끼면서 살 수 있는 광장은 아무 데도 없었어요. 아니, 있긴 해도 그건 너무나 더럽고 처참한 광장이었습니다. 아버지, 아버지가 거기서 탈출하신 건 옳았습니다. 거기까지는 옳았습니다. 제가 월북해서 본 건 대체 뭡니까? 이 무거운 공기. 어디서 이 공기가 이토록 무겁게 짓눌

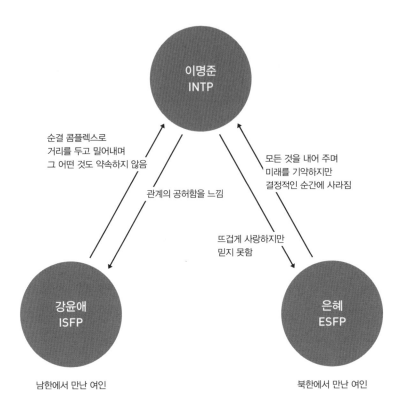

이명준
INTP

순결 콤플렉스로
거리를 두고 밀어내며
그 어떤 것도 약속하지 않음

모든 것을 내어 주며
미래를 기약하지만
결정적인 순간에 사라짐

관계의 공허함을 느낌

뜨겁게 사랑하지만
믿지 못함

강윤애
ISFP

은혜
ESFP

남한에서 만난 여인

북한에서 만난 여인

려 나옵니까? 인민이라구요? 인민이 어디 있습니까? 자기 정권을
세운 기쁨으로 넘치는 웃음을 얼굴에 지닌 그런 인민이 어디 있습
니까?"

남한 사회의 나태와 방종, 북한 사회의 기계적인 이데올로기
적 속박을 비판하며 환멸 속에 진정한 광장을 찾고자 하지만 결

국 실현 가능성에 회의를 느끼고 바다로 뛰어들어 삶을 마감하는 인물.

강윤애(ISFP)

남한에서 만난 윤애는 수동적이고 소극적인 여성이다. 그녀는 전반적으로 정숙하고 친절하며 다정한 성품을 지녔으나 명준과 일정한 거리를 유지한다. 명준에 따르면 그녀는 일종의 '순결 콤플렉스'를 지닌 여성이다. 뜨거운 교감을 나누다가도 돌연 명준을 차갑게 밀어내는 등 속을 알 수 없는 언행으로 공허감을 유발한다. 이러한 모호한 성향은 사람을 잘 믿지 못하는 명준의 성향과 충돌하여 갈등을 촉발한다.

"제가 뭔데요?"

제가 뭔데요? 분명히 그녀와 나란히 서 있다고 생각한 광장에서 어느덧 그는 외톨박이였다. 발끝에 닿은 그림자는 더욱 초라했다. 그녀의 저항은 무엇 때문인지 알 수 없었다. 다음 날이면 그녀의 허벅다리는 그의 허리를 죄며 떨었으니깐. 그의 말이 미치지 못하는 어두운 골짜기에 그녀는 뿌리를 가진 듯했다. 한 번 명준의 밝은 말의 햇빛 밑에서 빛나는 웃음을 지었는가 하면 벌써 손댈 수 없는 그녀의 밀실로 도망치고 마는 것이었다.

그녀는 명준으로 하여금 사람 간의 사귐이 얼마나 공허한가를 깨닫게 하며 결국 인생은 혼자 사는 것이요, 믿을 건 자기 자신뿐이라는 쓰라린 자각을 얻게 하는 인물이다.

은혜(ESFP)

북한에서 만난 은혜는 국립극장 소속 발레리나로 명준과 열애를 나누는 여인이다. 순결 콤플렉스로 스스로를 꽁꽁 싸맸던 윤애와 달리 은혜는 자신의 모든 것을 명준에게 편안하게 내어주며 진정한 안식처를 제공한다.

그들은 거의 날마다 만났다. 밤일 때도 있고 낮일 때도 있었다. 약속하지 않은 때도 명준은 불현듯 그녀가 동굴에서 기다리고 있을 것 같은 생각이 들면, 사람 눈을 피하여 산을 넘어가면 대개 틀림없이 동굴 안쪽 벽에 우두커니 앉아 있는 그녀를 보기가 일쑤였다. 격식이라든가, 미묘한 예절의 번거로움 같은 것이, 짜증스럽고 뜻 없이 보이는, 싸움터였다. 모습 없는 죽음의 그림자와 맞서서 지내야 하는 나날, 그들은 서로의 몸뚱어리에서, 불안과 안타까움을 지워 줄 힘을 더듬었다.

그녀는 열정적으로 사랑하면서도 결코 속박되지 않고 자신의 삶을 주체적으로 선택하는 인물이다. 삶에 두려움이 없으며 매 순간을 충만히 누리고자 하는 현실주의자의 면모가 엿보인다.

다소 충동적이고 즉흥적인 성향으로, 감정에 심취한 순간에는 명준에게 모든 것을 약속하지만 결국 자기가 원하는 대로 행동하는 자유분방함을 드러낸다. 이로 인해 그녀는 결정적인 순간에 명준의 삶에서 자취를 감추며 그의 불안과 좌절감을 자극한다.

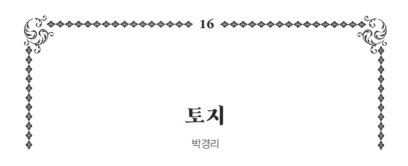

토지

박경리

작품 해제

◆

박경리의 『토지』는 19세기 말 조선 후기부터 일제강점기, 그리고 해방 전후까지 약 60여 년에 이르는 한국 근현대사의 격동기를 배경으로 하는 작품으로 시대적 비극에 따른 민족적 수난과 삶의 고난을 긴 호흡으로 깊이 있게 그려 낸 대하소설이다.

서사가 시작되는 19세기 말은 조선 사회의 봉건적 질서가 와해되고 외세의 간섭이 심화되어 가던 시기다. 민중은 동학농민혁명을 위시한 저항 운동을 통해 봉건적 착취와 외세의 침탈에 맞서 싸우려 하지만 좌절에 직면한다. 양반 계급이 몰락하고 사회 구조가 흔들리는 혼란기 속에 『토지』의 갈등 구조가 형성된다.

조선이 일제에 강제 병합되고 식민 본국의 가혹한 수탈 정책이 시행됨에 따라 농민들은 토지를 잃고 소작농으로 전락하거나 만주 등지로 강제 이주되는 설움을 겪는다. 『토지』는 일제강점기의 식민지 수탈과 이에 따른 민족적 고난, 그리고 독립운동가들의 활약을 중점적으로 다루고 있다. 작품 말미에서는 해방의 기쁨과 함께 새로운 희망을 암시하며 대서사를 마무리한다.

탐욕, 사랑, 배신, 그리고 역사적 억압 속에서도 꿋꿋이 살아가는 사람들의 삶을 통해 한국인의 정체성과 민족의식을 탐구하는 작품 『토지』는 단순히 개인의 이야기가 아니라 민족의 역사와 정체성, 그리고 저항과 극복의 서사를 담아낸 한국 근현대사의 축소판과도 같은 작품이다.

줄거리

주인공 최서희는 하동 평사리의 대지주 최참판댁 당주 최치수와 그의 계처 별당아씨 사이에서 무남독녀로 태어난다. 어머니

별당아씨가 머슴인 구천과 야반도주를 하고 아버지 최치수가 동네 사람 셋(김평산-칠성-귀녀)의 모략에 의해 살해되는 비극을 어린 나이에 겪어 내며 서희는 타고난 냉철함과 독기를 강화한다.

유일한 보호자인 할머니 윤 씨 부인마저 역병에 걸려 갑작스레 세상을 떠나자 어린 서희는 탐욕스러운 먼 친척 조준구에게 집안을 장악당하고 만다. 토지 문서를 비롯해 모든 것을 빼앗긴 당주 서희는 조준구에게 복수하고 가문을 되찾을 그날을 기약하며 자신을 따르는 평사리 농민들을 이끌고 간도 용정 땅으로 이주한다. 뛰어난 사업 수완을 발휘해 용정에 금세 자리 잡고 큰 부를 축적하는 서희 곁에는 어린 시절부터 그녀를 보필해 온 하인 길상이 늘 함께 한다. 서희와 길상은 신분 차이에도 불구하고 서로에 대한 애틋한 연정을 마음속에 키운다.

한때 서희와 풋사랑을 나눴으나 다른 집안에 장가든 이상현이 서희에 대한 미련으로 간도로 따라온다. 이상현은 서희의 아버지 최치수의 절친인 독립지사 이동진의 아들로 우유부단한 염세주의자다. 상현은 서희를 넘보지만 길상이 경계 태세로 유부남인 상현을 견제하며 "못 오를 나무 쳐다도 보지 말라"며 경고한다. 마음을 정리한 서희가 상현에게 의남매를 맺자고 제안

하며 길상과의 혼인 의사를 선포하자 상현은 좌절하여 그녀의
얼굴에 술을 끼얹고 뛰쳐나온다. 그 후 서희와 길상은 지난한
우여곡절 끝에 서로의 존재가 벗어날 수 없는 숙명임을 확인하
고 혼인한다.

길상의 조력에 힘입어 만반의 복수 준비를 마친 서희는 평사
리로 돌아오지만 길상은 간도에 남아 독립운동을 이어 간다. 서
희는 집안을 앗아 갔던 조준구에게 통한의 복수를 마치고 숙원
사업인 가문의 회복을 성공적으로 완수한다. 그리고 간도에 남
아 있는 남편 길상을 위해 조용히 독립운동 자금을 지원한다.
명예와 자부심을 지켜 내며 강인한 여성으로 성장하는 서희의
삶은 고난의 역사 속에서도 꺾이지 않는 민족의 자존심을 상징
적으로 보여 준다.

MBTI 분석

최서희(ESTJ)

빼어난 미모, 추상같은 위엄, 카리스마, 인내와 결단력, 비상
한 두뇌, 뛰어난 사업 수완, 현명함과 지혜, 사람을 꿰뚫어 보는

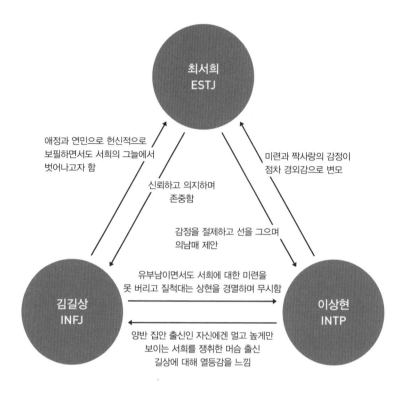

애정과 연민으로 헌신적으로
보필하면서도 서희의 그늘에서
벗어나고자 함

신뢰하고 의지하며
존중함

미련과 짝사랑의 감정이
점차 경외감으로 변모

감정을 절제하고 선을 그으며
의남매 제안

유부남이면서도 서희에 대한 미련을
못 버리고 질척대는 상현을 경멸하며 무시함

양반 집안 출신인 자신에겐 멀고 높게만
보이는 서희를 쟁취한 머슴 출신
길상에 대해 열등감을 느낌

혜안까지 그야말로 빠지는 구석이 없는 인물. 할머니 윤 씨 부
인의 강인한 기상과 고집, 그리고 아버지 최치수의 냉철함과 예
민함을 물려받았다.

포악스럽고 음험하고 의심 많고 교만한 서희, 그러나 그것이 그의
전부는 아니었다. 제 나이를 넘어선 명석한 일면이 있었다. 본시
조숙했지만 그간 겪었던 불행과 지켜보지 않을 수 없었던 많은 죽

음들로 해서 그의 마음은 나이보다 늙었고 미친 듯이 노할 적에도 마음 바닥에는 사태를 가늠하는 냉정함이 도사리고 있었다.

그녀의 거칠고 매몰찬 성품은 세월의 풍파에 다듬어지며 성숙해지는 면모를 보인다. 환국과 윤국 두 형제를 낳고 어머니가 되면서 그녀의 언행에는 한층 위엄이 더해지고 남편 길상과의 관계도 한결 성숙해진다. 그녀는 더 이상 수틀린다고 주저앉아 울거나 생떼를 부리지 않는다. 또한 아이들의 아버지인 길상에 대한 진심 어린 존중을 보인다.

서희는 자기 고집을 꺾기로 했던 것이다. 그리고 아들에게 설득당하기보다 남편에게 설득당했다는 편이 어미로서 위신의 훼손도 없을 것인즉, 길상도 모르지는 않았다. 서희가 남편에게 복종하여 고집을 꺾은 것이 아니라는 것을 알고 있었다. 길상은 서희의 현명함을 믿었고 꺾이지 않는 성품을 사랑했다. 그의 인내를 고맙게 생각했다.

김길상(INFJ)
준수한 외모에 말수가 적고 속이 깊은 최참판댁 머슴으로 묵묵히 서희를 보필한다. 십수 년의 세월 동안 길상은 서희를 위

해 집사, 하인, 비서이자 오빠, 엄마, 아빠로서의 역할을 충실히
수행한다. 고아인 서희에게 자상하고 진중한 길상의 존재는 늘
든든한 버팀목이다. 시간이 흘러 둘은 서로 벗어날 수 없는 운
명임을 확인하고 부부의 연을 맺게 된다.

길상은 머슴 출신임에도 불의 앞에 비굴하게 굽히거나 아부
떨 줄 모르는 강인하고 올곧은 기개를 지녔다. 서희와의 관계에
서도 그는 진심으로 아끼고 사랑하되 그녀의 굴레에 갇히기를
거부하는 독립성을 분명히 한다. 진중한 성격과 침착한 행동거
지로 범상치 않은 아우라를 발산하는 인물.

침묵은 계속되었다. 방에는 램프에 불이 켜져 있었다. 길상은 담
배를 붙여 물고 서희를 바라본다. 강한 눈길이었다. 서희는 이같
이 강한 길상의 눈을 본 일이 없다. 아니 강한 사나이의 그러한 눈
길을 본 일이 없다.
'나는 너를 소유했지만 넌 나를 소유하지 못할 게야.'
그런 말을 하고 있는 눈 같기도 했었다. 그 강한 눈을 서희는 강하
게 받는다. 미동하지 않고 받는다. 그러자 길상의 눈에 말할 수 없
는 비애의 그림자가 밀려왔고, 희미한 웃음이 번져나갔다. 비로소
서희는 그 눈에서 자신의 시선을 떨어뜨렸다.

하동 평사리의 토지와 집을 모두 되찾아 돌아갈 수 있게 되지만 길상은 서희를 먼저 하동으로 보내고 간도에 남는다. 평사리는 머슴 시절의 삶이 배어 있는 애증의 공간이기 때문이다. 길상은 독립운동에 헌신하는 것으로 자신의 삶에 의미를 부여한다. 그는 강한 자존심과 개척 정신, 그리고 사려 깊은 성품으로 독립운동가들의 정신적 지주가 된다.

길상이는 가족과 함께 돌아올 수도 있었다. 대의(大義)를 위하여, 물론 그렇다. 그러면 왜경에게 체포되지 않았더라면 그는 돌아오지 않았을까? 그랬을는지도 모른다. 나라를 찾아야 한다는 충정은 흔들릴 수 없는 확고한 신념이었지만 그러나 길상의 경우, 대의와 가족을 두고 선택한 길은 결코 아니었다. 자아와 가족을 두고 선택한 길이었다. 실로 어렵게 그는 자기 설 자리를 선택했으며 지킨 것이다.

이상현(INTP)

일제 치하에서 지식인으로 살아가는 무력감을 이기지 못해 평생을 방황하며 살아가는 인물. 첫사랑인 서희를 경외하며 길상에 대한 열등감에 시달린다. 독립운동에 뜻은 지녔으나 행동력 부족과 의지박약으로 실천에 주저한다. 신문기자와 소설가로서의 삶을 살기도 하지만 오랫동안 지속하지는 못한다. 날카롭고 이지적이지만 성품이 옹졸하고 치졸하여 기백이나 여유가 부족하다. 무책임하고 충동적인 면모로 운명에 몸을 내던진 채 자신의 삶을 방기한다.

일본 유학은 했다지만 조선에서 계통을 밟지 못했던 상현이 갈 수 있었던 곳은 정규적인 학교가 아니라 학원 따위였고 청강생을 넘을 수 없었다. 의사도 교사도 변호사도 될 처지가 못 되었다. 철새 같은 기자생활이 고작이었으며 가산이 있어 가산을 경영할 처지도 아니다. 초조하다가 포기하고 오히려 위악적으로 치달린 상현이 기독교에 기울어질 리 없고 권위의식은 여전히 남아서 많은 지식청년들이 교회로 몰려 앞길의 방향을 잡는데 그는 그 길을 통해 숨 쉬어볼 구멍도 없다. 연해주로 간다? 신념이 생기기까지는 출발할 수 없는 것이다. 간도에서 연해주를 오가며 조선사람의 힘으로 독립이 된다는 것에 회의를 품었던 상현은 3·1운동이 잠들어버린 지금엔 더욱더 그것을 믿지 않았다. 여자, 여자들, 인간관계에서도 안주할 곳은 없다. 조혼한 아내는 영원한 타인일 것 같았고, 그리움보다 미움을 더 강하게 품게 된 최서희는 먼 곳에, 날이 갈수록 더욱 멀어져만 가는 여자다.

II

세계문학

변신 이야기

오비디우스

작품 해제

❖

『변신 이야기』는 고대 로마의 시인 오비디우스가 기원후 8년
에 라틴어로 집필한 총 15권의 서사시다. 고대 로마의 황금기
라고 할 수 있는 아우구스투스 시대에 출간된 작품으로, 그리
스 로마 신화의 다양한 사건들을 '변신'이라는 주제 하에 재구
성·재해석하여 집대성했다는 점에서 중요한 의의를 지닌다.

저자인 오비디우스는 우주의 창조로부터 자신이 살고 있는
시대에 이르기까지 약 250편의 변신에 관한 신화와 전설 속의
에피소드를 다룬다. 『변신 이야기』의 특장점은 고대 그리스와

로마의 신화를 단순히 재구성한 것이 아니라 인간의 감정과 경험을 중심으로 재해석했다는 점이다. 신화적 사건들은 단순히 초자연적 현상이 아니라 인간적이고 보편적인 경험으로 묘사된다. 즉 인간의 욕망, 사랑, 질투, 복수, 고통, 구원에 관한 드라마틱한 묘사, 그리고 신과 인간의 관계에 대한 깊이 있는 탐구를 발견해 낼 수 있다.

『변신 이야기』의 또 다른 포인트는 바로 작품 말미에 등장하는 철학자 피타고라스의 연설이다. 그는 만물은 끊임없이 변하지만 파괴되거나 완전히 사라지지 않는다고 주장하며 순환의 과정을 거쳐 모든 것이 지속된다는 점을 강조한다. 변신 내지 변형이 단순한 혼란이나 무질서가 아니라 조화와 질서 속에서 만물을 지속시키는 자연의 본질이자 필연적 원리라는 점을 그는 보여 준다. 이러한 피타고라스의 철학은『변신 이야기』전체를 관통하는 핵심 사상으로서 신화적 사건들을 보편적 원리로 연결하고 서사를 통합하는 데 기여한다.

오비디우스는 탁월한 시적 언어와 유려한 운율로 서사를 전개한다. 특히 변신의 과정을 묘사하는 대목에서는 감각적이고도 섬세한 문체와 단어 선택을 통해 눈앞에 그려지듯 생생한 이미지를 전달한다. 무려 2천여 년이 넘는 오랜 기간 동안 전 세계인들에게 감동과 통찰을 제공해 온 『변신 이야기』는 신화적 상상력과 문학적 서정성, 그리고 철학적 깊이가 결합된 세기의 걸작이다.

줄거리

◈

『변신 이야기』를 구성하는 주요 갈등축은 매혹적인 이성을 유혹하기 위해 변신을 감행하는 유피테르와 남편의 부정(不貞)을 잡아내고자 변신하여 그를 좇는 아내 유노의 치열한 공방전이다.

유피테르는 필요에 따라 황소, 뱀, 독수리, 백조, 구름, 소나기 등 기상천외한 모습으로 변신하여 여인들에게 접근한다. 그의 여성 편력 대상은 여신, 님프, 인간을 가리지 않는다. 아르고스의 왕 아크리시오스의 딸 다나에, 테베의 왕 카드모스의 딸 세멜레, 아르카디아의 님프 칼리스토, 아르고스의 처녀 이오, 페니키아의 왕 아게노르의 딸 에우로파, 스파르타 왕비 레다, 펠로폰네소스의 용장 암피트리온의 아내 알크메네 등 여인들의 면면은 다양하다.

이 중에 특히 유노를 격분하게 하는 여성은 테베 왕국의 공주 세멜레다. 세멜레가 인간 주제에 유피테르의 아이를 임신한 사실을 알아냈기 때문이다. 유노는 질투심에 불타 세멜레를 해치기로 결심한다. 유노는 세멜레의 유모와 똑같이 생긴 노파로 변장한 채 세멜레를 찾아가 유피테르가 정말로 신인지 의심하도록 부추긴다. 유피테르의 진정한 사랑을 받으려면 신의 본래 모습을 볼 수 있어야 한다고 믿도록 세멜레를 세뇌시킨 것이다. 유노의 꼬드김에 넘어간 세멜레는 유피테르에게 자신이 신임을 증명하기 위해 신의 형상으로 나타나 달라고 조른다. 유피테르는 세멜레의 요청에 화들짝 놀라며 그녀를 만류하지만 결국 어쩔 수 없이 번개에 휩싸인 모습으로 세멜레 앞에 나타난다.

이것은 인간인 세멜레가 감당할 수 없는 강력한 힘이었고, 세멜레는 그 충격으로 화염에 휩싸여 불타 죽고 만다. 이에 유피테르는 재빨리 그녀의 뱃속에서 태아를 꺼내 자신의 넓적다리에 넣어 키운다. 그렇게 유피테르의 넓적다리에서 산달을 모두채운 후 탄생한 아이가 바로 술과 풍요의 신 바쿠스. 그의 모친세멜레는 인간이었으나 최고신 유피테르의 몸에서 나왔기에 신으로 인정받고 올림푸스에 오르게 된다.

MBTI 분석

❖

유피테르(ENTJ)

유피테르는 최고의 권능과 힘으로 세계의 질서와 정의를 수호하고 다른 변덕스러운 신들에 맞서 운명의 섭리를 관장한다. 그는 신들과 인간 세계에 적극적으로 개입하여 자신의 의지를 실현하며 권위를 과시한다. 그는 만물을 꿰뚫어 보는 전지전능

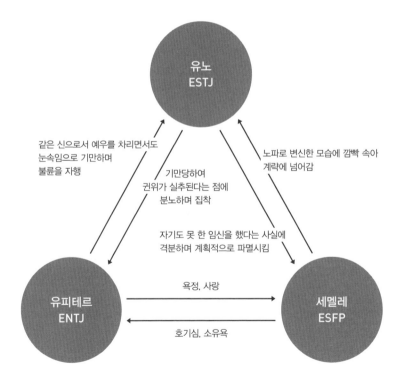

함으로 큰 그림을 보고 전략적으로 행동하며 종종 돌발 상황에서 즉흥적인 융통성을 발휘하기도 한다.

그는 공동체의 체계와 질서를 유지하는 가운데서도 치밀한 계획과 술수로 개인적인 쾌락과 욕망을 충족한다. 누이이자 아내인 유노가 그의 모든 불륜 행각에 반기를 들지는 못함에도 불구하고 유피테르는 그녀의 눈치를 본다. 최고 존엄을 자랑하는 신들의 왕이 아내의 심기를 신경 쓰며 소나 뱀 따위로 변신하는 노력을 기울인다는 건 많은 것을 시사한다. 이러한 최소한의 배려는 같은 신으로서 그녀를 예우하고 존중하여 신의 세계의 질서를 유지하려는 의도에서 비롯한다고 해석할 수 있다.

······사티루스로 변장하여 아름다운 닉테이스와 관계하여 쌍둥이 자식을 임신시킨 유피테르, 암피트리온으로 변장하여 티린스 여자와 관계한 유피테르, 황금 소나기로 변신하여 다나에를 취한 유피테르, 불로 변신하여 아소피스와 관계한 유피테르, 얼룩뱀으로 변신하여 프로세르피나를 속인 유피테르······

유노(ESTJ)

유노는 결혼과 가정의 수호신으로서 공동체의 규범과 전통적인 질서를 중시한다. 그녀가 밥 먹듯이 바람을 피우는 유피테르를 적발하기 위해 다양한 모습으로 변신하는 것은 일종의 맞불 작전이다. 질투나 애증과 같은 사사로운 감정뿐 아니라 올림포스 수호신으로서의 권위를 지키려는 이성적 판단이 더해져 보복의 수위는 더욱 강력해진다. 그녀는 최고 존엄인 유피테르의 위상을 존중하여 웬만한 일탈에는 눈을 감지만 일단 그가 선을 넘었다고 판단하면 빈틈없이 계략을 짜고 철저히 응징하는 냉철한 면모를 보인다.

새로운 수모가 유노를 엄습했다. 세멜레가 유피테르의 씨앗으로 수태한 것이었다. 유노는 이런 모욕들에 욕설을 퍼부으면서 말했다.

"난 저년을 찾아 망가뜨려 놓아야 돼. 내가 정말로 전능한 유노이고, 보석 박힌 왕홀을 오른손에 쥐는 것이 정당하고, 유피테르의 왕비, 여동생, 아내라면 말이야. 저년이 은밀한 정사로 만족했더라면 내 결혼 침대에 별 영향을 미치지 못했을 거야. 하지만 저년은 임신까지 했어. 결국 그렇게 될 수밖에 없을 테지만. 또 저년은 널찍한 자궁 속에 노골적인 죄악의 증거를 넣고 다녔어. 유피테르의 씨앗으로 어머니가 되겠다면서 말이야. 그런 일은 나한테도 아직 벌어지지 않았는데 말이야. 저년은 제 아름다움만 믿고 자만하는 거야. 좋아, 네 코를 납작하게 눌러 주겠어. 저년이 그토록 사랑한다는 유피테르의 품 안에서 파멸당해 지옥의 불 속으로 떨어지게 만들지 않으면 내가 유노가 아니지.”

유노는 강력한 존재감을 발휘한다. 신들과 인간의 세계에서 적극적으로 자신의 의지를 드러내는 모습, 특히 남편인 유피테르의 관계에서 기죽지 않고 끊임없이 자신의 입장과 불편한 심기를 어필하는 면모는 그녀가 가진 외향적인 에너지와 강한 성격을 드러낸다.

세멜레(ESFP)
세멜레는 인간으로서 신을 탐할 정도로 당돌하고 호기심 넘치는 여인이다. 신 중의 신인 유피테르의 사랑을 받아들일 만큼 겁이 없고 열정적인 면모가 드러난다. 그녀는 유피테르의 신으로서의 진면목을 궁금해하고 그의 존재 자체를 온전히 자기 것으로 취하기를 원할 정도로 소유욕을 지닌 인물이다.

이러한 욕심으로 인해 세멜레는 유노의 계략에 넘어가고 만다. 노파로 변장하고 나타나 “유피테르에게 신의 형상으로 사랑해 달라고 요구하라”라고 종용하는 유노의 부추김에 쉽게 설득

될 만큼 그녀는 귀가 얇고 타인에 대한 의심이 없다.

세멜레는 유피테르에게 콕 집어 말하진 않았지만 한 가지 혜택을 요구했다.

"마음대로 골라 봐." 신은 말했다. "무엇이든 절대 거절하지 않을 테니까. 네가 날 믿을 수 있도록 신성한 스틱스의 강물을 증인으로 삼도록 하지. 스틱스의 강물은 너무나 신성하여 모든 신이 그 물결 앞에서는 두려워 떨지."

세멜레는 자신의 설득력에 감격하면서 신이 청을 수락해 불행이 닥칠 터인데도 기뻐했다. 그녀는 애인 때문에 파멸할 운명이었다. 세멜레는 이렇게 요구했다.

"당신이 유노를 껴안고 사랑의 행위에 들어갈 때와 똑같이 해주세요."

최고신은 세멜레의 입을 다물게 하고 싶었다. 하지만 황급히 내뱉은 그녀의 말은 이미 입 밖으로 빠져나왔다.

위험성에 대한 고려가 부족한 나이브함과 감정이 앞서는 충동적인 결정으로 그녀는 스스로를 파멸로 이끄는 선택을 하고 만다.

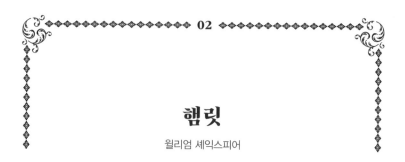

햄릿

윌리엄 셰익스피어

작품 해제

◆

셰익스피어의 『햄릿』은 영국 엘리자베스 1세 집권 말기인 1599년에서 1601년 사이에 집필된 작품으로 당시의 정치적·사회적 상황이 반영되어 있다.

『햄릿』 집필 당시 영국은 정치적으로 불안정한 상황이었다. 점점 노쇠해지던 엘리자베스 1세 여왕이 평생 남편과 자식이 없었고 후계자도 지정해 두지 않았기에 급작스러운 유고 시 왕위를 둘러싼 혼돈이 격화될 것이 쉽게 예상되는 상황이었기 때문이다. 최악의 경우 가톨릭 국가가 지지하는 가톨릭교도가 왕위에 오르게 될 수도 있다는 우려가 팽배했다. 그 와중에 1601년 에식스(Essex)의 로베르토 데브뢰(Roberto Devereus, 1566~1601) 백작이 여왕의 신임을 배신하고 반란을 일으키자 민중의 불안은 극에 달했다. 『햄릿』에서 클로디어스가 형을 죽이고 왕위를 찬탈한다는 설정은 당시의 이러한 현실 상황과 유사성을 띤다. 여기에는 정상적인 왕권 계승이 실패할 경우 초래될 혼란상에 대한 경계심이 투사되어 있다.

한편 셰익스피어 활동 당시 런던에서는 감염병이 창궐하고 있었다. 페스트가 도시를 뒤덮자 거리는 황량해지고 시설들은 줄줄이 폐쇄되었다. 극단의 조연급 배우였던 셰익스피어는 극장이 문을 닫자 실업자가 되었고 엎친 데 덮친 격으로 막내 아들 햄넷(Hamnet)마저 흑사병으로 잃고 만다. 그는 슬픔을 잊기 위해 서재에 틀어박혀 글을 썼는데 이때 남긴 작품 중의 하나가 바로 아들의 이름을 딴 『햄릿』이다. 이 무렵 이후로 그는 주로 인간의 고통과 죽음을 다루는 작품을 집필하여 일명 '4대 비극'을 완성했다.

정치적 불안과 개인적 삶의 불확실성, 그리고 죽음의 공포가 드리운 상황에서 셰익스피어는 존재의 의미를 집중적으로 탐구하며 인류사에 길이 남을 작품들을 남겼다.

줄거리

❖

햄릿은 덴마크의 왕자로 어느 날 갑자기 국왕인 아버지의 죽음을 목도한다. 후계자로 왕위에 오른 클로디어스는 부왕의 동생이자 햄릿의 숙부다. 그가 아버지의 장례 후 두 달도 채 되지 않아 자신의 어머니인 거트루드와 결혼하자 햄릿은 격분한다. 분노와 우울에 사로잡혀 하루하루를 보내던 햄릿 앞에 어느 날 아버지의 혼령이 나타나 자신이 클로디어스에게 독살당했음을 밝히고 복수를 부탁한다.

햄릿은 미친 척하며 숙부 클로디어스가 정말로 아버지를 독살했는지 확인하기 위해 주인공인 왕이 독살당하는 내용의 연극을 상연한다. 객석에서 연극을 지켜보던 클로디어스가 자리를 박차고 나가자 햄릿은 그가 범인이라고 확신한다. 햄릿은 어머니의 호출로 그녀의 방으로 향하던 중 자기 방에서 홀로 기도하는 클로디어스를 목격하게 된다. 그것이 그를 암살할 최적의 타이밍이었으나 햄릿은 더 잔혹하게 그를 죽일 후일을 기약하며 그냥 지나쳐 버린다. 그러고는 어머니의 방에 당도해 커튼 뒤의 인기척이 클로디어스의 것이라 여기고는 충동적으로 그곳에 칼을 찔러 넣는다. 하지만 칼에 찔려 죽은 자는 클로디어스가 아니라 다른 사람이었다. 무고하게 살해당한 자는 바로 햄릿에게 버림받은 여인 오필리아의 아버지 폴로니어스였던 것이다. 실연과 아버지의 죽음으로 미쳐 버린 오필리아는 결국 물에 빠져 죽고 만다.

위협을 느낀 클로디어스는 살인을 저지른 왕자를 도피시킨다는 명목 하에 햄릿을 영국으로 보내 버린다. 여기엔 햄릿이 영국에 도착하자마자 그를 죽여 버리려는 계략이 숨어 있었다. 하지만 햄릿은 영국으로 향하던 중 해적들의 도움으로 귀국하게 된다.

암살 계획이 수포로 돌아가자 클로디어스는 폴로니어스의 아들인 레어티즈로 하여금 햄릿과 결투를 하도록 부추긴다. 그는 칼끝에 독을 묻히고 햄릿이 마실 포도주 안에 독을 타는 등 철저히 계략을 꾸민다. 그러나 거트루드가 그 독배를 들이키며 쓰러지고, 독이 묻은 칼은 싸움 중에 뒤바뀌어 햄릿뿐만 아니라 레어티즈에게도 상처를 입히게 된다.

쓰러진 어머니를 본 햄릿은 모든 것이 클로디어스의 흉계임을 알아채고 클로디어스를 칼로 찔러 죽인다. 사태를 파악한 레어티즈는 자신이 이용당했음을 깨닫고 햄릿을 용서하는 동시에 햄릿에게 용서를 구하며 죽어 간다. 햄릿 또한 그를 용서하며 담담하게 죽음을 맞이한다.

MBTI 분석

◈

햄릿(INTP)

햄릿은 지적이고 사색적이며 복잡한 내면의 갈등으로 고뇌하는 인물이다. 그는 선과 악, 진실과 거짓, 삶과 죽음과 같은 철학적 논제에 대해 끊임없이 고민하지만 답을 찾지 못해 고뇌한다.

그에게 숙부를 처단할 절호의 기회는 여러 번 찾아오지만 복

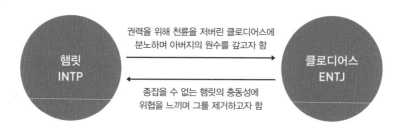

수의 정당성을 논리적으로 검토하며 생각에 집중한 결과 기회를 놓치고 만다. 특유의 우유부단함과 행동력 부족으로 결단을 미루다 엉뚱한 시점에 충동적으로 일을 저지르는 등 인간적 약점을 드러내는 인물.

그는 세상사의 부조리와 인간 존재의 불완전성에 대해 냉소적인 태도를 취한다. 특히 삶의 의미에 대한 회의적인 견해를 드러내며 무력감에 빠지기도 한다. 악인들의 부패와 위선을 강하게 비판하지만 이를 심판할 계획을 세우거나 구체적인 행위에 착수하는 단계까지는 이르지 못한다.

"사느냐 죽느냐, 이것이 문제로다. 가혹한 운명의 화살을 맞고도 죽은 듯 참는 것이 장한 일인가, 아니면 성난 파도처럼 밀려오는 고난과 맞서 싸워 물리치는 것이 옳은 일인가? 죽는 건, 그저 잠드는 것일 뿐…… 그뿐 아닌가. 잠들면 우리 마음과 육체에 따라 붙는 무수한 고통이 모두 끝난다. 그렇다면 죽음, 잠-이것이야말로 우리가 열렬히 원하는 생의 결말이 아니겠는가! 잔다, 그러면 꿈도 꾸겠지. 아, 그것이 문제로다. 이 세상의 번뇌에서 벗어나 영원한 잠을 잘 때마저 악몽을 꾸게 되면 어쩌나…… 이를 생각하면 망설이지 않을 수가 없다. 이런 망설임 때문에 인생은 불행할 수밖에······"

햄릿의 우유부단함과 내적 갈등은 그를 비극적 영웅으로 만든다. 그는 복잡한 고뇌와 도덕적 선택의 딜레마를 체현하며 시공간을 초월한 인간의 보편적 비극을 제시한다.

클로디어스(ENTJ)

클로디어스는 교활하고 야망이 큰 음모가다. 형을 독살하고 왕위를 찬탈한 뒤 형수까지 아내로 취하는 인물로, 자신의 욕망을 달성하기 위해 도덕과 천륜을 기꺼이 저버리는 철면피이자 냉혈한. 사람을 감시하고 조종하는 데 능하며 원하는 바를 달성하기 위해 뛰어난 정치력과 외교술을 발휘한다. 자신의 권력을 유지하기 위해 치밀하게 계획을 꾸미고 교활한 술수를 구사하는 악인이다.

"어떻게 해야 우리의 계획이 제대로 이루어질 수 있는지······. 만일에 일이 실패해 우리의 계획이 드러날 바엔 처음부터 손을 대지 않는 것이 차라리 나을 것이니라. 무엇보다도 이 계획이 실패할 경우에 대비해서 다른 수단을 마련해야겠다. 그렇지! 서로 치열하게 싸우다 보면 목이 타겠지. 그렇게 되면 햄릿이 물을 청할 거야.

그때 준비해 두었던 잔을 내미는 거지. 한 모금만 마시면, 독검을 운 좋게 피했다 하더라도 우리의 목적은 이루어지겠지."

그는 자신의 야망을 위해 주변 사람들을 도구로 사용하며 결과적으로 수많은 비극적인 죽음을 초래한다. 때론 자신이 저지른 죄에 대해 두려움을 느끼며 기도를 올리기도 하지만 권력과 야망을 포기하지 못하여 진정한 회개에 이르지 못한다. 진정한 양심의 가책을 느끼지 못한 채 스스로의 보전을 위한 이기적인 동기에서 신을 찾는 뼛속까지 추악한 인물이다.

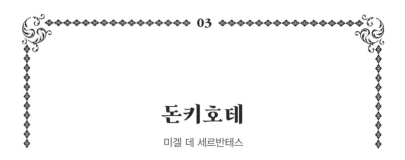

돈키호테

미겔 데 세르반테스

작품 해제

세르반테스의 『돈키호테』는 17세기 초 스페인의 전성기인 '황금시대(Siglo de Oro)'에 출간되었다. 이 시기는 스페인이 경제적·군사적으로 강성했지만 내부적으로는 쇠퇴의 조짐이 커지던 시기다. 당시 스페인은 아메리카 대륙과 아시아 식민지에서 여전히 막대한 부를 획득하고 있었으나 지나치게 잦은 전쟁과 낭비로 인해 국력이 소실되고 있었다. 지나치게 편협한 종교 정책도 한몫했다. 국운이 정점을 찍고 쇠락하던 시기임에도 그저 과거의 영광에 사로잡혀 있던 조국에 대한 안타까움과 자조적인 비판이 깃들어 있는 세르반테스의 대표작이다.

16세기 중반 무렵까지 전 유럽을 휩쓸며 유행했던 기사도 문학은 17세기로 향하며 점차 시대착오적인 것으로 여겨졌다. 세르반테스는 한물간 기사도의 전형을 좇아 모방하는 돈키호테를 희화화하면서 그 허황된 이상주의를 비판한다. 현실 감각을 상실한 돈키호테의 광기는 당시 몰락 직전의 분수령에 놓여 있던 조국 스페인의 상황을 빗댄 것으로 해석할 수 있다. 허황된 영웅심에 사로잡혀 있던 돈키호테가 기사의 일을 관두고 고향으로 돌아오자 비로소 제정신으로 돌아온다는 설정은 기사도 문학의 실추된 권위를 상징한다.

줄거리

❖

라만차 지방의 시골 귀족 알론소 키하노는 기사 소설에 지나치게 심취한 나머지 자신이 편력 기사(모험을 찾아 여기저기 떠돌며 불의를 바로잡고 정의를 확립시키는 기사)라는 환상에 사로잡히게 된다. 그는 편력 기사의 정체성을 상징하는 '돈키호테'라는 이름을 지어 스스로를 새롭게 명명한다. 그는 낡은 갑옷을 입고 말 로시난테를 타고, 농부 산초 판사를 종자로 삼아 모험을 떠난다.

돈키호테는 풍차를 거대한 거인으로 착각해 덤벼들고, 초라한 여관을 웅장한 성(城)으로 여기거나 평범한 여성을 고귀한 귀부인 둘시네아로 착각하고 추앙하는 등 현실과 이상을 구분하지 못하며 주변인들의 비웃음을 산다. 그러나 그는 시종일관 진지한 자세로 모험에 임하며 이상적인 기사도를 실현하려 노력한다. 그의 시종 산초가 곁에서 현실적인 조언을 하며 돈키호테의 행동을 보조하지만 둘은 숱한 실패와 조롱에 직면한다.

한편 돈키호테와 산초의 기상천외한 행적들은 책으로 출간되면서 이들에게 높은 인기와 인지도를 안겨 준다. 어느덧 스페인에서 가장 유명한 '기사'가 되어 버린 돈키호테. 많은 이들이 그의 모험담에 끼고 싶어 안달하는 가운데 한 장난기 많은 공작부부가 돈키호테와 산초를 불러들여 그들을 집요하게 골려 먹는다. 공작 부부는 수십 명의 하인을 동원해 자신의 성을 돈키호테의 공상 속 무대로 꾸미고 그가 좌충우돌 모험하는 모습을 관망하며 즐긴다.

그러던 중 돈키호테는 '하얀 달의 기사'와의 대결에서 패해 약속대로 모험을 관두고 귀향한다. 그는 집으로 돌아오자마자 무기력한 우울증 환자가 되어 병석에 앓아눕는다. 신기하게도 병마는 그를 정상인으로 되돌린다. 그는 자신이 돈키호테가 아니라 알론소 키하노임을 인정하며 임종을 앞두고 유언을 한다. 현실 앞에 꿈을 접고 죽음을 기다리는 그의 무력한 모습에 산초는 다시 일어나 편력 기사로의 모험을 떠나자며 오열한다. 그럼에도 결국 돈키호테는 파란만장했던 영욕의 생을 마감하게 된다.

MBTI 분석

◆

돈키호테(ENFP)

돈키호테는 기사도를 신봉하며 세상을 정의롭고 고귀하게 만들고자 하는 이상주의자다. 망상에 가까울 정도로 현실과 동떨어진 이상을 추구하면서도 자신의 신념을 굽히지 않는 낙천성

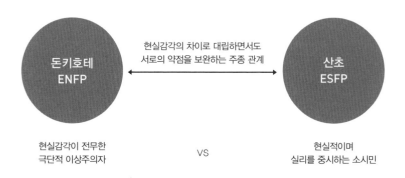

현실감각의 차이로 대립하면서도
서로의 약점을 보완하는 주종 관계

돈키호테
ENFP

산초
ESFP

현실감각이 전무한
극단적 이상주의자

VS

현실적이며
실리를 중시하는 소시민

과 열정을 지녔다. 상상의 연인인 둘시네아를 숭배하며 그녀를 위해 헌신하고자 하는 로맨티시스트의 면모 또한 드러낸다.

"내가 하는 이 모든 일은 장난이 아니라 지극히 진지하다는 것을 알아주면 좋겠네. 만일 장난이라면, 그건 기사도 법칙에 어긋나는 것이네. 기사도 법칙에 의하면 어떠한 거짓말도 해서는 안 되거든. 거짓말은 죄를 두 번 짓는 걸세. 그리고 어떤 일을 다른 일로 대신하는 것도 거짓말을 하는 것과 마찬가지지. 그러니 내가 머리를 찧는 일은 실제로 그렇게 해야 되는 것이며 확실하고 효력이 있는 것이어 한다네. 겉만 그럴듯하게 보이거나 상상만의 것이어서는 안 되는 거지."

돈키호테는 풍차를 거대한 거인으로 착각하거나 수도사들의 노새를 낙타라고 여기는 등 현실과 허상을 혼동하는 모습을 보이며 조롱을 당한다. 산초가 곁에서 만류하면 자신의 원칙과 논리로 조목조목 반박하지만 때로는 산초의 의견을 존중하여 따르기도 한다. 일견 미치광이처럼 보이지만 나름 준수한 매너와 인간미를 드러낸다. 자신의 신념을 지키기 위해 어떤 위험도 불사하는 용기와 끈기, 그리고 도전 정신 그 자체인 인물.

산초(ESFP)

산초는 급진적 이상주의자인 돈키호테와 달리 현실적이고 실리를 중시하는 소시민이다. 재치와 재담에 능하며 유쾌한 성격으로 묘사된다. 그는 주인 돈키호테에게서 콩고물을 얻어 내기위해 입에 발린 말도 곧잘 하고 아부도 잘 떤다. 때론 경각심에 주인의 망상을 바로잡으려 하고 계획을 실행 가능하게 변경할것을 촉구하기도 하지만 대부분 묵살당한다.

"먼저 말씀드릴 것은, 저는 제 주인 돈키호테 님을 완전히 돌아 버린 사람이라고 생각하고 있다는 겁니다요. 물론 가끔은 주인님이어찌나 사려 깊고 훌륭한 궤도로 나아가는 말씀들을 하시는지 저뿐만 아니라 주인님의 말씀을 듣는 모든 사람들까지, 심지어 사탄조차도 그보다 더 훌륭하게 말할 수 없을 정도라고 생각하긴 하지만 말입니다요. 하지만 그래도 제가 보기엔 주인님은—정말 솔직하게 거리낌 없이 말하자면—지혜가 모자라는 사람으로 결론이났습니다요."

돈키호테에 대한 애증 때문에 종종 그를 조롱하고 행인들에게 그에 대한 뒷담화를 늘어놓기도 하지만 산초가 그를 위하고걱정하는 마음만큼은 진심이다. 욕심은 있으되 과욕은 부리지 않으며, 자기 분수를 알고 선을 넘지 않기에 돈키호테와 갈등을 빚지 않고 원만한 관계를 유지한다.

산초가 말했다. "그러니까 내 말은, 그분은 꿍심이라고는 전혀 모르는 분이라는 겁니다. 오히려 물 항아리 같은 영혼을 가진 사람이죠. 누구에게도 나쁜 짓은 할 줄 모르고 모든 사람에게 좋은 일만 해요. 악의라고는 전혀 없어요. 어린아이라도 대낮을 밤이라고 하여 그분을 속일 수 있다니까요. 이런 순박함 때문에 나는 그 사람을 내 심장막만큼이나 좋아하게 되었고, 아무리 터무니없는 짓을 해도 그 사람을 버리고 갈 수가 없게 되었단 말입니다."

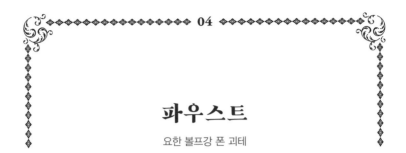

파우스트

요한 볼프강 폰 괴테

작품 해제

괴테의 『파우스트』는 15~16세기경 실존한 마술사·연금술사 요하네스 파우스트의 행적을 담은 '파우스트 전설'에 기반한 작품이다. 파우스트는 지식을 활용해 권력, 명예, 쾌락을 얻고자 애쓰는 전형적인 르네상스 시대의 인간형이다. 인문주의자들과 교류하다 갑작스럽게 죽은 그를 둘러싸고 '악마가 그의 생명을 빼앗았다'는 전설이 만들어진 건 욕망 자체를 죄악으로 간주하는 중세적인 신앙의 영향이었다. 이후 수많은 작가들이 파우스트 전설을 테마로 한 작품들을 창작했고 대다수 작품에서 파우스트는 악마에 의해 파멸되는 결말을 맺는다. 오로지 괴테의

『파우스트』만이 파우스트를 구제해 냈다는 점에서 특별하다.

괴테가 살았던 18세기 중반에서 19세기 초중반 무렵의 유럽은 산업혁명과 시민혁명, 그리고 계몽사상의 물결이 대륙 전역으로 퍼져 나가던 대전환기였다. 일찍이 통일된 민족국가 체제를 갖춘 영국·프랑스와 달리 괴테의 조국인 독일은 수십여 개의 소국으로 분열되어 있었기에 시민계급이 하나의 세력으로 규합되지 못하였다. 그럼에도 낡은 봉건 질서에 대한 문제의식과 각성은 분명히 생겨났으며 파우스트는 이러한 독일의 정세 속에 집필되었다. 과학의 발전과 개인적 자유의 요구가 기독교 질서에 의문을 제기하는 가운데 기존의 가치관에 대대적인 균열이 발생했다. 괴테는 이러한 대혼란 속에서 선과 악의 개념을 새롭게 정의하고자 했으며 그 결과물이 바로『파우스트』다.

줄거리

파우스트는 중세 유럽의 학자로 오랜 탐구의 결과 많은 지식을 갖추게 되었음에도 불구하고 삶의 참된 의미를 찾지 못해 깊은 회의와 절망에 빠져 있다. 더 큰 지혜와 만족을 갈망하는 그의 앞에 어느 날 악마 메피스토펠레스(이하 메피스토)가 나타난다.

메피스토는 파우스트에게 계약을 제안한다. 파우스트가 원하는 모든 것을 이룰 수 있도록 돕겠지만, 만약 어떤 즐거움이 지극히 만족스러워 파우스트가 그 상태로 머무르기를 바랄 경우 그의 영혼은 메피스토가 취한다는 조건의 계약이다. 파우스트는 여태 경험해 보지 못한 새로운 감각과 무한한 체험을 누려보고자 이 계약에 서명한다.

파우스트는 메피스토의 도움으로 육체적 쾌락을 탐색하는 여정을 떠난다. 그는 젊고 아름다운 소녀 그레첸을 발견하곤 금세 사랑에 빠지지만 그의 무분별한 욕망은 그녀의 삶을 파멸시키고 만다. 심지어 그녀의 어머니와 형제까지 죽음에 이르자 파우스트는 자신의 욕정이 가져온 파괴적 결과에 책임을 느끼며 괴로워한다.

그러나 파우스트는 멈추지 않는다. 그는 메피스토와 다시금 더 넓은 세상을 만나기 위한 새로운 여정을 떠난다. 그는 세상 이곳저곳을 떠돌며 인류의 역사를 체험하고 정치, 종교, 과학, 예술 등 다양한 분야를 탐험한다. 이 과정에서 부와 권력, 명예와 쾌락을 얻었음에도 완전한 행복과 만족에 도달하지 못한 그는 이상 사회를 창조하려는 새로운 도전에 나선다. 그는 광대한 해안에서 간척 사업을 개시해 인민을 위한 자유의 신천지를 건설한다. 자신이 건설한 낙원을 바라보며 참된 삶의 의미를 깨달은 그는 이렇게 말한다.

"매일 정복한 자만이 자유와 생명을 누릴 수 있다. 나는 그러한 인간의 집단을 바라보며 자유로운 땅에서 자유로운 백성과 살고 싶다. 그러면 나는 순간을 향해 이렇게 부르짖어도 좋을 것이다. '멈춰 서라, 너는 진정 아름답구나!' 내가 이 세상에서 남겨 놓은 흔적은 이제 영구히 사라지지 않을 것이다. 이런 드높은 행복을 예감하면서 나는 이제 지고의 순간을 즐기는 것이다."

이 순간을 놓치지 않은 메피스토가 파우스트의 영혼을 데려가려는 찰나, 천사들이 내려와 "끊임없이 노력하는 자는 구원받을 수 있다"라며 파우스트의 영혼을 안고 하늘 높이 올라간다. 구원은 인간의 노력과 신의 은총으로 이루어진다는 메시지와 함께 대단원의 막이 내린다.

MBTI 분석

◆

파우스트(ENTP)

파우스트는 삶의 진정한 의미와 만족을 찾기 원하며 완전한 지식과 진리를 얻기를 갈망하는 이상주의자다. 그는 인간으로서의 한계를 초월하고자 하지만 세속적 쾌락과 욕망에서 자유롭지 못한 스스로를 자조하며 고뇌한다.

결국 그는 충동적으로 메피스토와 계약을 맺고 그의 도움으로 다양한 쾌락과 성취를 경험하지만 오히려 더욱 갈증을 느끼며 더 큰 만족을 향해 나아간다.

"저곳에 나는 훤히 사방을 내다보기 위해
가지와 가지 사이에 발판을 만들고 싶다.
멀리까지 시야가 트이도록 해서
내가 이룩한 일체의 사업을 바라보고,
현명한 뜻을 가지고
백성들의 넓은 복지의 땅을 마련한,
인간 정신의 걸작을
한눈에 내다보고 싶단 말이다.

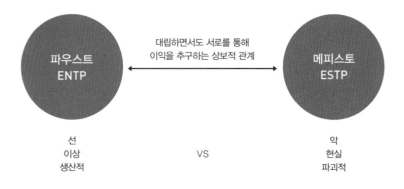

파우스트
ENTP

대립하면서도 서로를 통해
이익을 추구하는 상보적 관계

메피스토
ESTP

선
이상
생산적

VS

악
현실
파괴적

부귀한 몸인데도 부족을 느끼는 일처럼
우리를 가혹하게 괴롭히는 것은 없다."

그는 넘치는 열정과 에너지를 바탕으로 끊임없이 노력하며
도전한다. 결국 그가 만족을 느낀 지점이 선한 의지로 많은 이
들을 이롭게 하는 일이었다는 설정은 인간의 선함과 구원 가능
성에 대한 긍정을 시사한다.

메피스토(ESTP)
메피스토는 파우스트와의 계약을 통해 인간의 욕망과 한계를
시험하는 악의 화신이다. '나는 언제나 부정하는 자'라고 스스로
를 묘사하듯 그는 냉소적이고 비관적인 캐릭터다.

그는 타인의 고통에 대해 공감하지 못하며 자신의 이익을 위해서라면 누구라도 망설임 없이 이용하는 성향을 드러낸다. 파우스트의 영혼을 얻기 위해 그의 욕망과 불안을 자극하는 모습에서 이러한 무자비함이 드러난다.

"전쟁이건 평화이건 간에 어떻게 하든
자기의 이익이 되는 것을 끌어내는 노력이 현명하오.
어떤 유리한 순간이든 정신을 차리고 기다려야 해요.
그 기회는 왔소이다. 자, 파우스트 선생, 놓치면 안 됩니다."

그는 빠른 두뇌 회전과 센스로 심리 게임에 능한 면모를 보이며, 뛰어난 지략과 화술로 파우스트를 능숙하게 현혹하고 조종한다. 무겁고 진지한 상황에서도 시니컬한 유머와 풍자를 잃지 않는 것이 특징.

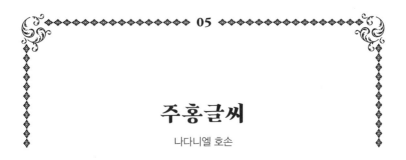

주홍글씨

나다니엘 호손

작품 해제

◆

　나다니엘 호손의 『주홍글씨』의 배경은 17세기 중반의 청교도 사회로, 당시 엄격한 종교적 규율과 도덕적 관습이 지배하던 미국 매사추세츠만 식민지에서 이야기가 진행된다.

　영국에서 박해받던 청교도들은 1620년 종교의 자유를 위해 메이플라워호를 타고 아메리카 신대륙에 도착해 정착했다. 그들은 그곳에서 칼뱅주의 사상에 기반해 신앙, 도덕적 순결, 그리고 죄와 구원의 개념을 엄격히 따르며 자신들이 구상한 이상적 신앙 공동체를 구현했다. 당시 종교적 규율을 어기는 행위는

신에 대한 도전으로 간주되었으며, 죄를 저지른 자는 가혹한 처벌을 받고 공개적으로 비난받았다. 『주홍글씨』는 이러한 시대적 배경을 바탕으로 사회적 제약과 개인의 자유의 충돌, 선과 악의 대립, 인간의 본성과 죄의식 등의 문제를 탐구한다.

당시 뉴잉글랜드 식민지에서는 간음 사건을 사형, 채찍, 글자 낙인 등으로 강력하게 처벌했다. 주인공 헤스터 프린의 가슴팍에 '간통(Adultery)'을 의미하는 주홍색 글자 'A'가 새겨진 것은 바로 이러한 이유 때문이었다. 누구나 쉽게 눈으로 확인할 수 있는 사회적 낙인이 찍히면서 그녀가 겪게 되는 고난과 치열한 내적 갈등은 당시 청교도 사회의 가혹한 도덕적 잣대를 상징적으로 보여 준다. 한편 그녀의 숨겨진 불륜 상대인 아서 딤스데일 목사가 양심의 가책으로 고뇌하는 모습은 청교도 사회의 위선과 인간 존재의 유약함을 드러낸다. 그러한 딤스데일 목사에게 나름의 방식으로 처절한 복수를 꾀하는 헤스터의 남편 로저 칠링워드의 용의주도함은 억압적 사회 제도 속에 부패한 인간 본성의 어두운 측면을 상징한다.

줄거리

◆

주인공 헤스터 프린은 나이 차이가 많이 나는 학식 있는 의사와 사랑 없이 결혼한 여인이다. 그녀는 17세기 초 청교도에 대한 영국 국교회의 탄압을 피해 남편과 함께 네덜란드 암스테르담으로 이주하며, 다시 그곳을 떠나 뉴잉글랜드 보스턴에 당도한다. 남편은 일을 정리하고 곧 그녀의 뒤를 따라올 예정이었으나 인디언들에게 납치돼 2년 넘도록 소식이 끊긴다.

그 사이 그녀는 젊은 목사 딤스데일과 사랑에 빠져 사생아 펄을 낳는다. 그녀는 '간음하지 말라'는 출애굽기의 일곱 번째 계명을 어겼다는 이유로 청교도 법에 근거해 사형당할 처지에 놓이지만, 남편이 이미 사망했을 가능성이 참작돼 극형은 면한다. 그녀는 불륜으로 잉태한 자식과 함께 교수대 위에 서서 구경꾼들의 비난을 받은 뒤 평생 죄의 표지인 'A'라는 글자를 가슴에 달고 살아야 하는 형벌에 처해진다.

헤스터는 혹독한 심문에도 불구하고 불륜 상대남의 정체를 밝히기를 완강히 거부한다. 사생아의 아버지는 바로 마을 사람들의 존경을 한 몸에 받고 있던 젊은 목사 딤스데일. 그는 자수할 용기가 없어 죄의식에 시달리며 점차 쇠약해져 간다. 그러는 사이 오랫동안 행방불명이었던 헤스터의 남편이 고생 끝에 마을에 도착하며 아내의 간통 사실을 알게 된다. 그는 정체를 숨긴 채 이름을 로저 칠링워드로 바꾸고 헤스터의 간통 상대에게 복수할 것을 결심한다.

칠링워드는 쇠약해진 딤스데일 목사의 주치의를 자처하여 그를 보살피며 함께 살아가게 된다. 그러는 동안 칠링워드는 딤스데일 목사가 헤스터의 간통 상대임을 확신하게 되며, 음험한 복수 계획을 세워 그를 천천히 말려 죽이기로 결심한다. 딤스데일은 양심의 가책으로 고통스러워하다 사람들 앞에서 자신의 죄를 고백하기로 마음먹는다. 그는 보스턴의 가장 큰 종교 행사의 날에 운집한 군중 앞에서 헤스터의 손을 꼭 잡고 자신이 그녀의 불륜 상대였음을 고백한 뒤 그녀의 품에 안겨 숨을 거둔다.

MBTI 분석

❖

헤스터 프린(INFJ)
헤스터는 자신의 행동에 책임을 지며 그로 인한 고통을 달게

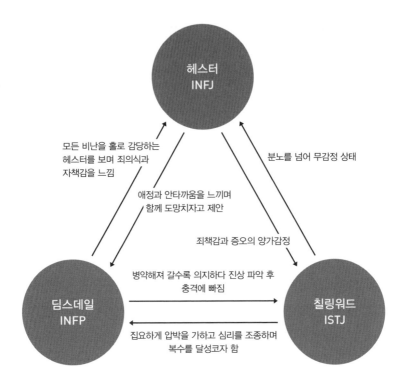

받는 용기 있는 여성이다. 그녀는 도피하지 않고 죗값을 정당히 치르기를 택하며 사회적 낙인인 주홍글씨를 가슴에 새긴 채 새로운 삶과 정체성을 만들어 간다. 치열한 내적 성찰을 통해 자신이 나아갈 길을 명확히 하고 흔들림 없이 나아가는 강인함이 엿보인다.

헤스터는 아기를 단장하는 데 드는 약간의 비용을 내놓고는 모든 남은 돈을 자선 사업에 바쳐 자신보다 오히려 덜 가엾은 자들을 도와주었으나 그들은 자기들을 도운 손길에 침 뱉기가 일쑤였다. 그녀는 자신의 솜씨를 훨씬 더 잘 살리는 데 쓸 수 있는 많은 시간을 가난한 사람들을 위해 허술한 옷을 만드는 데 소비했다. 이런 식으로 일을 하는 그녀의 마음에는 고행이란 생각이 들어 있어 이와 같이 거친 일에 많은 시간을 들여 가면서도 진정으로 즐거운 희생을 실감했을 것이다.

그녀는 손가락질당하면서도 무너지지 않고 독립적으로 삶을 개척한다. 누구의 도움도 받지 않고 바느질 기술로 생계를 유지하며 마을의 어려운 이웃을 위해 발 벗고 나서기도 한다. 심지어 자신을 비난하는 사람들에게조차 도움의 손길을 내미는 관용적이고 이타적인 태도를 보인다. 그녀는 사회의 위선과 억압에 맞서 존엄성을 지켜내고 그 결과 공동체에서 꼭 필요한 사람이자 존경받는 인물로 거듭난다.

로저 칠링워드(ISTJ)

칠링워드는 내면에 깊은 애수와 복수심을 지닌 인물이다. 그는 얼음장처럼 차디찬 이성과 냉철함을 바탕으로 자신이 입은 피해에 대한 정당한 보복을 가하고자 한다. 복수의 대상을 최대한 고통스럽게 천천히 말려 죽인다는 계획을 용의주도하게 실천에 옮기는 냉혹한 모습을 보인다.

현명한 로저 칠링워드의 앞길은 환히 틔었다. 물론 그것은 자기가 닦은 길은 아니었다. 표면상으로 조용하고, 점잖고, 성내지 않는 것 같았으나, 그 불행한 노인의 마음속에서는 지금까지 숨어서 잠재하던 악의가 머리를 들기 시작하고 지극히 교묘한 복수를 꾀하기 시작한 것이다. 그 방법이란 우선 친구로 가장하여 상대방의 신뢰를 얻고 상대방으로 하여금 모든 두려움과 참회와 번민과, 그리고 참회를 하여도, 잊으려고 애써도 되살아나는 악몽 같은 추억을 죄다 고백하도록 만드는 것이다. 그리하여 목사의 슬픈 죄책감이 그를 용서하여 줄 마음씨가 너그러운 세상 사람들에게는 알려지지 않고, 인정도 용서도 모르는 자기만이 알게 만든다. 그다음에 그가 모든 비밀을 목사의 면전에서 폭로하면 최고의 복수가 되리라는 이야기다.

아서 딤스데일(INFP)

딤스데일은 금지된 사랑을 저지른 당사자임에도 죄를 공개적으로 고백할 용기가 없어 우물쭈물하는 비겁한 인물이다. 성직자로서 규율을 엄격히 준수할 의무를 저버렸다는 사실, 그리고 군중 앞에서 홀로 죗값을 치르는 헤스터를 도리어 추궁하는 자리에까지 섰다는 사실은 그의 모순과 위선성을 보여 준다.

딤즈데일 목사는 머리를 숙이고 묵도를 올리는 듯하더니 마침내 앞으로 나섰다.

"헤스터 프린."

그 젊은 목사는 난간 위로 허리를 굽히고 그녀의 눈을 물끄러미 내려다보며 말을 시작했다.

"그대는 이분의 말씀을 듣고 내가 진 책임을 알 것이오. 그대가 영혼의 평화를 위하여 필요하다고 느끼고 금생의 형벌이 구원을 위해 도움이 된다고 믿는다면, 함께 죄를 범하고 함께 괴로워하는 자의 이름을 말하시오. 그자를 위한 잘못된 연민의 정이나 인정 때문에 침묵을 고집하지는 마시오, 헤스터."

그는 속죄를 위해 스스로에게 고통을 가하며 자책하는 방식을 택한다. 하지만 내면의 유약함으로 인해 고통을 견뎌 내지 못하고 점차 병약해진다. 결국 그는 극도로 쇠약해진 몸을 이끌고 군중 앞에 서서 자신의 죄를 고백한 뒤 생을 마감한다.

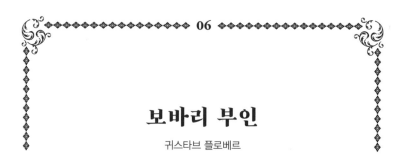

보바리 부인

귀스타브 플로베르

작품 해제

귀스타브 플로베르의 『보바리 부인』은 19세기 중반 프랑스의 작은 시골 마을을 배경으로 한다. 당시 프랑스는 산업혁명의 영향으로 도시화가 진행되는 한편 귀족 계급의 몰락과 부르주아 계급의 부상이 교차하는 사회적 전환기를 맞고 있었다. 또한 대중에 부르주아 계급의 소비문화가 확산되면서 물질만능주의와 신분 상승 욕구가 만연해진 시기이기도 하다.

이와 관련해 주인공 엠마 보바리를 비롯한 마을 사람들이 드러내는 속물근성은 시사하는 바가 크다. 소설의 배경이 조그마

한 농촌 마을임에도 불구하고 이곳에 사는 이들에게서 공통적으로 물질적 욕망, 도덕적 타락, 계산적인 면모, 사치에 대한 욕구, 화려한 도시 생활에 대한 동경 등을 엿볼 수 있다. 사회 변화에도 불구하고 여전히 완고한 가톨릭 규범과 도덕 원칙이 개인의 삶을 속박하고 있었기 때문일까. 억눌린 욕구의 반작용은 강력하다.

내면에서 분출하는 힘을 제어하지 못하면 결국 폭발하여 파괴되고 만다. 이 소설의 주인공 엠마가 바로 그러한 비극적인 파국을 맞이한 장본인이다.

줄거리

◆

엠마는 시골의 부유한 농장주 루오 씨의 딸로 어릴 때부터 로맨스 소설을 많이 읽고 자란 감수성 풍부한 아가씨다. 평범한 개업의인 샤를 보바리는 그녀의 부친에게 왕진을 갔다가 그 집에서 엠마를 보고 그 미모에 마음을 빼앗겨 버린다. 당시 샤를은 유부남이었으나 엠마와 비밀스럽게 만나다가 아내가 죽자 엠마와 재혼한다.

소녀 시절부터 귀족의 화려한 생활을 동경하던 엠마는 지루하고 단조로운 결혼 생활에 곧 질려 버린다. 착하지만 매력이라곤 찾기 힘든 평범한 남편에게도 싫증을 내며 괜히 짜증을 부린다. 그러던 어느 날 우연히 한 귀족 저택에서 열리는 파티에 초대되어 그들의 호화로운 생활상을 직접 보게 된 엠마. 그녀는 집으로 돌아와서도 꿈 같은 파티 분위기를 잊지 못하며 자신의 권태로운 일상을 더욱 견디기 힘들어한다. 샤를은 아내를 위해 환경을 바꿔 주면 좀 나아질까 싶어 용빌로 이사한다.

용빌은 평범하지만 속물적인 사람들로 가득 찬 마을이다. 이사하고도 여전히 우울에 빠져 있던 엠마는 어느 날 우연히 공증인의 서기로 일하는 청년 레옹을 발견하고 신선한 설렘을 느낀다. 레옹 또한 그녀의 빼어난 미모에 빠져든다. 둘은 서로 호감을 주고받지만 레옹이 공부를 위해 파리로 떠나 버리면서 관계는 흐지부지된다. 상실감까지 겹쳐 고독한 나날을 보내던 중 교활한 호색한 로돌프가 나타나 현란한 화술과 테크닉으로 그녀의 마음을 낚아챈다. 로돌프에게 푹 빠져 버린 엠마가 둘이 함께 도망치자고 조르자 그는 부담을 느끼고 편지 한 장을 남긴 채 사라져 버린다.

버림받은 엠마는 앓아눕게 되고 샤를은 어쩔 줄 몰라하며 엠마를 간호한다. 그녀는 거의 회복될 무렵 루앙의 극장에 갔다가 파리에서 돌아온 레옹과 우연히 재회하게 된다. 불같은 연애를 거친 엠마 못지않게 레옹도 도시 생활을 통해 이미 닳고 닳은 능구렁이가 된 상태. 두 사람은 이전의 소심함을 던져 버리고 거침없이 서로를 탐닉한다. 하지만 엠마는 레옹과의 관계에서 알 수 없는 공허함을 느끼고 사치품 구입과 약물 복용 등 또 다른 쾌락에 빠져들며 타락하게 된다.

엄청난 빚을 진 엠마는 결국 파산하고 만다. 그녀는 실낱같은 희망으로 로돌프에게 찾아가 손을 내밀지만 비참하게 거절당한다. 아무도 도와주는 사람이 없는 현실 앞에 절망한 엠마는 비소를 먹고 스스로 목숨을 끊는다. 아내의 죽음을 슬퍼하며 샤를도 병에 걸려 세상을 떠난다.

MBTI 분석

◈

엠마 보바리(ENFP)

감상적 기질과 감정 과잉으로 파국에 이르는 인물. 스스로를

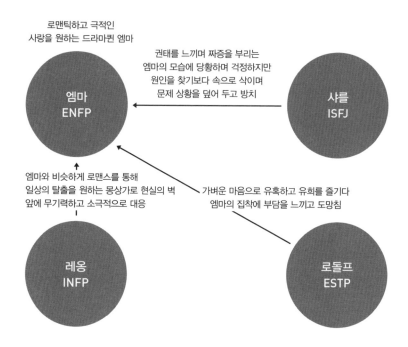

로맨틱하고 극적인
사랑을 원하는 드라마퀸 엠마

권태를 느끼며 짜증을 부리는
엠마의 모습에 당황하며 걱정하지만
원인을 찾기보다 속으로 삭이며
문제 상황을 덮어 두고 방치

엠마
ENFP

샤를
ISFJ

엠마와 비슷하게 로맨스를 통해
일상의 탈출을 원하는 몽상가로 현실의 벽
앞에 무기력하고 소극적으로 대응

가벼운 마음으로 유혹하고 유희를 즐기다
엠마의 집착에 부담을 느끼고 도망침

레옹
INFP

로돌프
ESTP

비련의 여주인공으로 만들며 카타르시스를 느낀다. 이성과 논리보다는 순간의 감정과 욕망에 따라 움직이는 타입으로, 감정의 공허를 채우기 위해 즉흥적인 연애와 충동적인 사치를 일삼는다. 책임감과 도덕성이 결여된 인물로 뚜렷한 계획 없이 변덕을 부리며 제멋대로 살아간다.

 평범한 가정생활이 도리어 그녀(엠마)에게 호사스러운 것에 대한 공상을 하게 했고, 부부간의 애정은 불륜한 욕망을 갖도록 부추겼다. 좀 더 정당한 이유로 샤를을 미워할 수 있고 복수할 수 있게끔 자기를 때려 주었으면 좋겠다고 생각했다. 그녀는 마음에 떠오르는 여러 가지 잔인한 추측을 하다간 깜짝 놀라기도 했다.

그녀는 대책 없는 이상주의자로 현실 감각이 부족하여 권태에 잘 빠지며 싫증을 쉽게 느낀다. 낭만적인 로맨스 소설에 심취하여 자신의 삶도 극적이고 특별하기를 원하지만 무미건조한 현실 앞에 도피를 택한다.

'애인이 있다! 나에게 사랑하는 사람이 있다!'
그녀는 되풀이했다. 이렇게 생각하자 또 한 번 청춘이 되살아난 것처럼 즐거웠다. 마침내 사랑의 기쁨과 한없이 그리워했던 행복의 열정을 이제 자기 것으로 할 수가 있는 것이다. 자기는 이제 영묘하고 황홀한 열광적인 불가사의한 경지로 막 들어가려 하는 것이었다. 하늘빛의 광대한 것이 그녀를 둘러싸고, 마음속 깊은 곳에는 최고도의 감정이 빛났다. 그녀의 생각은 감정의 산맥이 빛나는 봉우리들을 넘어서 높이 날았다. 평범한 일상은 벌써 훨씬 멀어지고 까마득한 저 아래쪽 그림자 속의 산 사이로 멍하게 보일 뿐이었다.

샤를 보바리(ISFJ)

샤를은 소심하고 내성적인 성격으로 안정적이고 소박한 삶을 지향하는 소시민적 인물이다. 의사로서의 직무를 성실히 수행하며 자신의 역할에 최선을 다하는 생활인이자 현실주의자. 개인적인 감정을 겉으로 드러내기보다는 속으로 삭이며 갈등을 회피하는 경향을 보인다.

"왜 그러오? 왜 그러지?" 샤를은 깜짝 놀라서 되풀이했다. "침착하구려! 진정해요……. 내가 당신을 사랑한다는 것은 당신도 잘 알잖소! 자, 이리 오구려."

"싫다니까요."

그녀(엠마)는 무서운 표정으로 소리를 질렀다.

그녀가 방에서 뛰어나가면서 있는 힘껏 방문을 닫았기 때문에 청우계가 벽에서 떨어지며 마루 위에 산산이 부서져 버렸다.

샤를은 정신이 뒤집히는 것 같아서 안락의자에 털썩 주저앉았다. 엠마가 도대체 어떻게 된 것일까 하고 생각해 보았다. 신경증이 도진 것일까 하고 생각하고 울면서, 무엇인가 불길한 기운이 자기의 주위를 감도는 것을 막연하게 느꼈다.

그는 헌신적이고 배려심이 많으며 엠마를 진심으로 사랑한다. 그녀의 변덕과 투정에 의아해하면서도 상황을 그저 묵묵히 받아들일 뿐 문제를 제기하지 않는다. 뿐만 아니라 그녀의 일탈 행위를 감지하지 못할 정도로 둔감하기도 하다. 눈치 없고 순응적인 그의 성향은 엠마의 반항과 방종을 자극하는 측면이 있다. 결국 그는 엠마의 불행과 파멸을 막지 못한다.

레옹 뒤퓌(INFP)

레옹은 내성적이고 숫기가 없는 청년으로 감정을 드러내는 데 서툰 면모를 보인다. 소극적인 성향으로 멀리서 엠마를 동경하며 조용히 감정을 키우는 인물. 엠마와 유사한 이상주의자로 감정 과잉에 상상력이 풍부한 타입이다.

레옹은 보답 없는 사랑에 지쳐 있었다. 게다가 아무런 계획도 없고, 아무런 희망도 없는 똑같은 생활이 매일 되풀이되는 데서 일어나는 견딜 수 없는 압박감을 느끼기 시작하고 있었다. 그는 용빌에도 그곳의 사람들에게도 싫증이 났고, 거기에 있는 어떤 사람들이나 집을 보면 견딜 수 없을 만큼 마음이 끓었다. 약제사도 사람은 좋았지만 참을 수 없는 구석이 있었다.
그러면서도 앞날의 새로운 생활을 상상하면 유혹을 느낌과 동시에 두려운 마음도 들었다.

그도 엠마처럼 단조로운 삶에 불만을 느끼며 자극적인 연애를 통해 삶을 변화시키기를 원한다. 그러나 관계가 현실적 어려움에 부딪히자 쉽게 포기하는 무력한 모습을 보인다. 엠마와의 관계에서 깊은 애정을 느끼면서도 그녀가 점점 더 많은 것을 요구하자 감정적으로 피로감을 느껴 도피하고 만다.

로돌프 불랑제(ESTP)

교활하고 영리한 바람둥이이자 매력 넘치는 밀당의 고수. 이성을 유혹하는 데 능하며 사교적이고 쾌락지향적이다. 자신의 수려한 외모와 화술을 무기로 엠마에게 적극적으로 다가가 그녀를 쟁취한다.

로돌프 불랑제 씨는 서른네 살이었다. 그는 과격한 기질을 지녔고, 머리는 예민했고, 여자 관계가 무척 복잡해서 그 방면에는 일가견이 있었다. 조금 전에 본 보바리 부인은 대단한 미인이었다. 그래서 그는 그 여자에 관한 일, 그 남편에 관한 일을 멍하니 생각하고 있었다.

'남편은 그다지 영리하지 않더군. 그 아내는 틀림없이 싫증이 나 있을 게 뻔해. 그 남자는 손톱도 더럽고 수염도 다듬지 않았던걸. 그 선생이 환자에게 왕진 간 사이에 아내는 양말 따위를 깁고 있을 테지. 그래서 지루한 거야. 도시에서 살고 싶을 거야. 매일 밤 폴카 춤이라도 추고 싶겠지. 가엾어라! 도마 위의 잉어가 물을 그리워하듯이 그 여자는 사랑을 동경하고 있을 거야. 틀림없어. 두서너 마디 다정한 말을 해주면 그만 홀랑 넘어올 거야. 다정하고 귀엽겠던걸……. 그래 그런데, 막상 그런 뒤에 어떻게 떼어 버리면 좋을까?'

로돌프는 엠마와의 관계에 진심으로 임하지 않으며 자신의 이기적 욕망을 채우기 위해 그녀를 이용한다. 육체적 쾌락을 추구하는 가운데 감정적 몰입보다는 계산적이고 현실적인 태도를 취하며 도망갈 궁리를 한다. 순간의 즐거움을 추구하다 결정적인 순간에 책임을 회피함으로써 엠마에게 충격을 준다.

07

위대한 유산

찰스 디킨스

작품 해제

❖

찰스 디킨스의 소설 『위대한 유산』은 일명 '해가 지지 않는 나라'로 불리던 19세기 영국 빅토리아 여왕 집권기를 배경으로 한다. 산업혁명의 영향으로 도시화와 공업화가 급격히 진행되고 신흥 부유층이 영향력을 확대함에 따라 사회·경제·문화적 변화가 일어나던 전환기의 시대상이 작품에 반영되어 있다.

빅토리아 시대의 특기할 만한 사항은 그 이전까지 철옹성처럼 유지되어 온 세습 신분제가 흔들리며 계층 간 이동의 가능성이 열렸다는 점이다. 이에 따라 수단과 방법을 가리지 않고 부를 일구어 귀족 대우를 받고자 하는 사람들이 늘어났다. 당시 '신사(gentleman)'라 불린 신흥계급은 새로운 사회 구조 속에서 신분 상승을 원하던 많은 이들의 꿈이자 희망이었다.

주인공 핍의 이야기는 이러한 사회적 신분 상승의 욕망으로 인한 갈등과 번민을 대변한다. 농촌에서 태어나 소박한 생활을 하던 그가 성장 후 신사 수업을 받기 위해 이주한 곳은 바로 대도시 런던. 화려한 그곳은 산업화와 도시화의 중심지로 부와 성공의 상징이지만 동시에 부패와 도덕적 타락이 만연한 곳으로 묘사된다. 내실 없이 부와 명예만을 좇는 무분별한 물질만능주의가 파국으로 치달을 수밖에 없음을 암시하는 복선이다.

줄거리
◈

주인공 핍은 어린 나이에 고아가 되어 터울이 큰 친누나의 손에 길러진다. 누나는 거칠고 포악한 성격으로 핍뿐 아니라 대장장이 매형 조에게도 폭행과 폭언을 일삼는다. 이에 핍과 조는 동병상련을 느끼며 비밀을 공유하는 끈끈한 사이가 된다. 핍은 조의 밑에서 견습공으로 일을 배우며 대장장이가 되는 미래를 그린다. 다정하고 배려심이 깊은 조는 핍에게 있어 아버지, 선생님, 형, 절친과도 같은 소중한 존재다.

그러던 어느 날 밤 부모님의 묘지를 찾은 핍은 그곳에서 험상궂은 인상의 괴한을 마주치게 된다. 그의 정체는 탈옥수 매그위치. 그는 음식과 줄칼을 가져오지 않으면 죽여 버리겠다며 핍을 협박한다. 핍은 겁에 질려 집에서 먹을 것과 줄칼을 훔쳐 그에게 가져다주고는 불안과 죄책감에 시달린다. 이 탈옥수와의 만남은 후에 중대한 사건으로 이어진다.

한편 핍은 마을 어른의 소개로 마을의 유지인 미스 해비셤의 대저택에 방문하게 된다. 해비셤은 핍에게 정기적으로 집에 방문해 자신의 양녀 에스텔라의 말동무가 되어 줄 것을 요청하며 그 대가로 조의 정식 도제가 될 수 있도록 핍을 지원한다. 아름다운 에스텔라는 마치 여왕처럼 군림하며 핍의 행색을 무시하여 핍으로 하여금 자신의 비천한 신분을 자각하게 한다. 이때 느낀 수모와 수치감으로 핍은 자신의 운명을 비관하면서도 동시에 신사가 되고 싶다는 꿈을 품게 된다.

그러던 어느 날 자신을 변호사라 소개하는 재거스가 나타나 자신의 의뢰인이 핍에게 막대한 유산을 남겼음을 알린다. 의뢰인이 자신의 신원을 밝히길 원치 않아 하며, 핍은 즉시 신사 교육을 받기 위해 런던으로 떠나야 한다는 전언과 함께. 매형 조는 핍과 헤어져야 한다는 아쉬움에 눈물을 흘리면서도 핍이 잘되기만을 진심으로 바란다. 철없는 핍은 감상에 빠지기를 거부하며 설레는 마음으로 런던으로 떠난다.

화려한 도시 런던에 온 핍이 허세와 허영이 깃든 속물이 되기까진 오래 걸리지 않았다. 그는 자신의 후원인이 어서 나타나길 기대하지만 소식은 없었고, 늘어 가는 것은 사치와 빚뿐이었다. 핍은 점차 초조해진다.

폭풍우가 치는 어느 날 밤, 무덤가에서 그를 협박하던 탈옥수 매그위치가 돌연히 핍의 앞에 모습을 드러낸다. 충격적이게도 그가 바로 핍의 얼굴 없는 후원인이었다. 그는 호주로 추방된 뒤 그곳에서 갖은 고생을 하며 목양업으로 떼돈을 벌어 핍에게 은혜를 갚았던 것이다. 핍은 자신의 은인이 범죄자임을 알고는 깊은 고통의 나락으로 떨어진다. 고국인 영국으로의 입국이 금지된 매그위치는 오로지 핍을 만나기 위해 죽음을 무릅쓰고 몰래 숨어 들어온 것이었는데 그는 결국 탈출에 실패하고 체포된다. 그는 감옥 안에서 마지막으로 핍의 모습을 보며 평온하게 숨을 거둔다. 더불어 그가 남긴 재산도 국가에 몰수된다. 핍은 이렇게 모든 것을 잃었다.

의지할 곳 없는 핍을 유일하게 챙겨 주고 간호해 주는 사람은 다름 아닌 매형 조뿐이다. 핍이 한때 서운하게 굴었음에도 조는 한결같은 자애로움으로 그를 보살피며 빚까지 변제해 준다. 핍은 조에게서 위대하고 진실한 참인간을 발견한다. 더불어 조가 바로 자신이 물려받은 위대한 유산임을 깨닫게 된다.

MBTI 분석

핍 피립(INFP)

핍은 불우한 성장 환경으로 인해 내면에 결핍을 지닌 인물이다. 그는 자신의 비천한 출신을 부끄러워하며 더 나은 삶을 갈망한다. 이상적인 미래를 꿈꾸지만 현실의 벽에 부딪혀 좌절하는 과정에서 속물근성과 물질만능주의를 내면에 키우게 된다. 순수한 천성을 타고났으나 성장 과정에서 무시받고 상처 입으며 허영이 깃든 청년으로 성장한다.

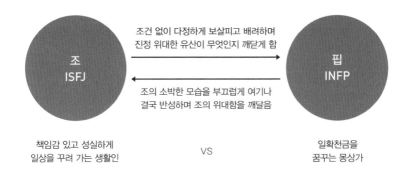

	VS	
조 ISFJ	조건 없이 다정하게 보살피고 배려하며 진정 위대한 유산이 무엇인지 깨닫게 함 → ← 조의 소박한 모습을 부끄럽게 여기나 결국 반성하며 조의 위대함을 깨달음	핍 INFP
책임감 있고 성실하게 일상을 꾸려 가는 생활인		일확천금을 꿈꾸는 몽상가

내가 이런 환경에서 어떻게 성장했겠는가? 이런 환경은 분명 내 성격은 물론 내 삶에도 영향을 미쳤으리라. 안개 낀 듯 모든 것이 눅눅하고 누르께한 방에서 햇빛 쨍쨍한 밖으로 나왔을 때, 아플 정도로 눈이 부시고 머리가 띵한 것처럼 내 머릿속이 혼란스럽고 어찌해야 좋을지 모르는 것이 당연하지 않겠는가?

그는 갑자기 막대한 유산을 물려받게 되는 등 갑작스레 일어나는 일들을 제어할 능력이 없어 압도당하고 만다. 계획을 세울 줄도 모르고 경제 관념도 배워 본 적이 없는 터라 그저 흥청망청 헤프게 쓰고 즐기다 그는 빚더미에 올라앉고 만다. 막연한 기대만을 품고 후원인이 나타나기를 기다리다 폐인이 되어 가는 모습에서 현실 감각의 부족과 수동적인 성향이 엿보인다.

그동안 나는 많은 비용을 들여서 온갖 불필요하고 어울리지도 않는 것들로 방을 꾸며 놓았다. 그래서 내 방의 모습은 처음과 완전히 달라져 있었고, 실내장식 업자의 장부에서 내 이름이 두드러진 위치를 차지하는 영예를 얻었다. 씀씀이는 갈수록 헤퍼졌다. 급기야 그냥 구두도 아니고 승마용 부츠를 신은 심부름꾼을 두기에 이르렀다. 그런데 내가 심부름꾼을 부려 먹기보다 오히려 속박당하는 신세로 전락할 지경이었다.

다행히 타고난 착한 성품은 더럽혀지지 않아 결국 핍은 진심으로 자신의 과오를 뉘우치며 부끄러워한다. 그리고 인생에서 정말 중요한 것이 무엇인가를 깨닫게 된다.

조 가저리(ISFJ)

조는 거의 보살에 가까울 정도로 너그럽고 온화한 성품을 지녔다. 배려심이 깊고 다정다감하여 불쌍한 핍에게 가장 좋은 친구이자 보호자가 되어 준다. 그는 대장장이로서 자신의 일에 자부심을 가지고 열심히 살아가는 생활인이자, 주어진 역할과 책임에 최선을 다하는 가장이다. 진중하고 묵묵히 하루하루를 의미 있게 살아가는 정직하고 성실한 인물.

조는 사랑하는 핍을 만나기 위해 런던으로 찾아가지만 철없는 핍은 그의 초라한 행색에 불편한 기색을 보이며 내심 부끄러워한다. 조는 핍의 생각을 눈치채지만 넓은 아량으로 이해하며 포용한다. 그리고 서운한 내색 없이 한발 물러나서 진심으로 핍이 잘되기만을 바란다.

"내 친구, 핍. 인생은 서로 떨어진 수없이 많은 부분들이 이어지는 연속이란다. 누구는 대장장이로 살고, 누구는 양철공으로, 또 어떤 사람은 금 세공인으로, 어떤 이는 구리 세공인으로 살아가지. 사람들 간의 이런 구분은 어쩔 수 없이 생기는 것이고, 우리는 각자 생긴 대로 받아들여야 해. 오늘 잘못된 것이 있다면 그건 모두 내 탓이다. 나와 너는 런던에서 만나지 말아야 할 사이야. 개인적이고, 익숙하며 친구처럼 어울릴 수 있는 곳 말고 다른 곳에서는 말이야. 이제 이런 옷을 입은 나를 다시 보게 될 일은 없을 거야. 그건 내 자존심 때문이 아니라 그저 내가 있어야 할 자리에 있고 싶어서야. 나는 이런 옷차림과는 어울리지 않아. 대장간과 우리 집 부엌과 습지대 말고는 어울리지 않아. 대장장이 옷을 입고, 손에 망치를 들고, 파이프를 입에 물고 있다면, 이런 차림에서 나타나는 모자란 점을 반도 찾지 못할 거야. 네가 나를 만나고 싶으면 대장간으로 와서 창문을 들여다보며, 대장장이 조가 불에 그슬린 앞치마를 두르고 낡은 모루 앞에 앉아 자기 일에 열중하는 모습을 보거라."

핍이 망하자 가장 먼저 달려가 그를 돕고 보살피는 유일한 사람은 조뿐이다. 한결같은 의리와 사랑으로 그는 핍에게 깊은 감동을 안겨 주며 인생의 가장 중요한 진리를 깨닫게 한다.

식탁 위에 편지가 놓여 있었다.

"너는 완전히 회복되었고, 더 이상 너를 방해하고 싶지 않아서 그만 돌아가기로 했다. 이제 나 없이도 잘해 나갈 거다. 조.
추신. 변함없는 최고의 친구."

봉투 속에는 체포될 뻔했던 그 빚과 소송 비용을 지불한 영수증이 들어 있었다. 그때까지 나는 채권자가 소송을 취하했거나 내 건강이 회복될 때까지 연기해 준 줄 알았다. 내 빚을 조가 대신 갚았으리라고는 꿈에도 생각지 못했다. 하지만 영수증은 조의 이름으로 되어 있었다.
어차피 남은 일은 하나뿐이었다. 그리운 대장간으로 달려가서 조에게 모든 것을 털어놓은 다음 깊이 뉘우치는 마음으로 용서를 구하는 것이었다.

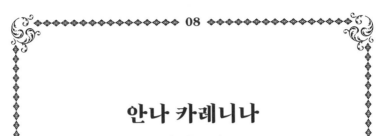

08

안나 카레니나

레프 톨스토이

작품 해제

◈

톨스토이의 소설 『안나 카레니나』는 19세기 후반 러시아 제국을 배경으로 한다. 이 무렵은 러시아 사회의 전통적 질서와 근대적 변화가 충돌하던 격동의 시기였다. 당시 러시아 사회는 1861년 알렉산드르 2세가 단행한 농노 해방으로 기존 농업 중심의 경제·사회 구조가 무너지면서 전통적 계급 구조가 흔들리는 전환기를 맞고 있었다. 산업화와 도시화가 진행되고 자본주의적 경제 구조로 변화하면서 농촌과 도시, 그리고 전통 귀족과 신흥 부르주아 사이에 충돌과 갈등이 빚어지던 시기이기도 하다.

저자인 톨스토이가 특히 주목하는 것은 바로 전통적인 결혼관과 가족 제도에 도전하는 새로운 변화의 물결이다. 그 변화란 바로 근대적 개인주의와 로맨티시즘. 작품 속 안나와 브론스키의 불륜 관계가 그러한 개인적 열정과 사회 제도 간의 갈등을 상징한다. 동일한 불륜 관계의 당사자임에도 상류층 귀족들은 기혼인 안나에게는 혐오를, 미혼인 브론스키에게는 훈장과 명예를 부여한다. 이러한 이중잣대는 겉보기엔 엄격하고 정숙하나 실상 부패와 타락으로 가득 찼던 당대 러시아 귀족사회의 위선을 드러낸다. 안나가 규범과 인습을 거부하면서 맞닥뜨리는 고통, 굴욕, 번뇌와 파멸의 전 과정은 인간의 본성과 사회 제도의 관계에 대해 깊이 고찰하게 한다.

줄거리

◈

페테르부르크에서 점잖은 남편 알렉세이 카레닌 그리고 귀여운 아들 세료자와 함께 살고 있는 안나 카레니나는 누가 봐도 남부러울 것 없이 다 가진 여인이다. 그는 빼어난 미모와 명랑한 성격으로 사교계를 주름 잡는 '인싸'이기도 하다. 그녀는 고관대작의 아내라는 지위에 걸맞게 정숙하게 행동하며 별문제

없이 살아가고 있었다. 내면에 깊이 숨겨 둔 열정을 자극한 한 남자를 만나기 전까지는.

모스크바 기차역에서 젊은 장교 알렉세이 브론스키를 우연히 마주친 후 안나는 점진적으로 심경의 변화를 겪는다. 수려한 외모와 유려한 화술을 장착한 브론스키는 세련된 매너와 거부할 수 없는 매력으로 안나를 적극적으로 유혹한다. 위험한 줄 알면서도 안나는 조금씩 브론스키에게 빠져들어 간다.

사실 브론스키에게 안나와의 연애는 밑지는 장사가 아니었다. 당시 러시아 사교계에서 청년이 유부녀를 쟁취한다는 것은 일종의 명예 훈장과도 같은 의미로 받아들여졌기 때문이다. 뭇사람들의 관심을 집중시키는 아름다운 여성과의 염문은 젊고 유망한 그가 취할 수 있는 수많은 기회들 중 하나일 뿐이었다. 브론스키는 안나와의 관계에 나름 진지했으나 그다지 심각하진 않았다. 그러나 안나가 덜컥 임신까지 하고 함께 도망치자고 요구하자 그는 자의 반 타의 반으로 태세를 전환해야 했다.

한편 안나의 남편 카레닌은 아내의 불륜에 침착하게 대응한다. 그는 잃을 게 많은 사람이었다. 오랜 기간에 걸쳐 차곡차곡

쌓아 올린 업적과 평판에 흠집이 가지 않게 일을 처리해야 했다. 이혼이라는 단어에 치를 떨면서 피해를 최소화하는 방향으로 문제를 해결하기 위한 전략을 짠다. 그는 안나에게 자신의 체면을 지켜 달라고 차분히 요구하지만 이러한 사무적인 대응은 오히려 안나의 반항심과 거부감을 자극해 역효과를 내고 만다.

안나는 딸을 출산한 후 브론스키와 동거한다. 그녀에게는 사랑하는 사람과 함께 시작한 새로운 삶이 더없이 행복하고 즐거웠다. 하지만 브론스키에겐 아니었다. 그는 그녀의 정부(情夫)가 되어 도피하면서 자신이 잃어버린 기회에 대해 생각하고 있었다. 그의 공명심과 명예욕을 채우기에 시골 영지 생활은 한없이 지루하고 무료했다. 카레닌이 아들 세료자에 대한 안나의 접근을 차단하면서 그녀의 히스테리와 집착이 늘자 브론스키는 점차 냉랭해진다.

안나는 사랑도 잃고 아들도 잃고 모든 것을 상실했다는 좌절감에 빠져 약물에 의존한다. 브론스키와의 관계가 점점 더 악화되자 안나는 죽음으로써 그를 벌하고자 한다. 그녀는 브론스키를 처음 만났던 모스크바 기차역에서 달려오는 기차에 몸을 던져 생을 마감한다.

MBTI 분석

안나 카레니나(ENFP)

안나는 이상적이고 낭만적인 사랑을 꿈꾸는 드라마퀸이다. 어딜 가나 주목받는 사교계 명사인 만큼 밝고 에너지가 넘치며 사람을 끌어당기는 매력의 소유자다. 자기감정에 솔직하며 관계에 진심으로 임하는 열정을 지녔다.

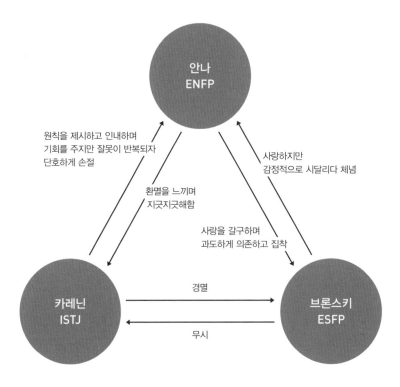

다만 책임과 의무보다는 자신의 감정과 욕망을 중시하는 그녀의 성향은 이기주의와 방종으로 발현된다. 주변 환경과 상황에 따라 손바닥 뒤집듯 기분과 태도가 바뀌는 감정의 노예와도 같은 면모를 보이기도 한다. 또한 특유의 현실감 부족으로 권태에 쉽게 빠지며 망상에 가까운 환상에 사로잡히기 쉽다는 약점을 지니고 있다.

그녀가 기차에서 내리자마자 처음으로 발견한 것은 남편의 차가우면서 엄숙한 모습이었다. 남편의 모습을 보자마자 안나에게 제일 먼저 떠오른 것은 '아니, 저이의 귀는 왜 저렇게 생겼을까?'라는 생각이었다. 그녀는 남편의 완고하면서도 지친 듯한 시선과 마주치자 불쾌감이 솟았다.

집에서 안나를 처음 맞은 사람은 아들 세료자였다. 여덟 살 먹은 아들은 환호성을 지르며 계단을 마구 뛰어 내려와 엄마 목에 매달렸다. 아들의 모습을 보자 안나는 남편을 만났을 때 느꼈던 실망감을 또다시 맛보았다. 그녀는 실제의 아들보다 훨씬 나은 모습을 상상하고 있었던 것이다. 아들을 있는 그대로 받아들이려면 환상세계에서 현실세계로 내려와야만 했다.

그녀는 마음 가는 대로 즉흥적으로 행동하며 규칙보다는 자신의 욕망과 감정에 따라 결정을 내린다. 이로 인해 자신의 선택과 그로 인한 결과 사이에서 끊임없이 고뇌하며 불안과 우울을 겪는다. 충동적이고 불안정한 면모를 보이며, 이는 그녀의 비극적 운명을 예고하는 중요한 요소로 작용한다.

안나는 현실적으로 법적 부부가 될 수 없는 브론스키와의 관계에서 극심한 불안을 느낀다. 그에 따른 보상 심리로 인해 그녀는 집착적으로 애정과 관심을 갈구하며 브론스키를 지치게 만든다. 그녀는 그에게서 자신이 원하는 만큼의 사랑을 받지 못한다고 느끼면 차디차게 돌변하거나 히스테리를 부리며 그를 고문한다. 이러한 감정 소모의 쳇바퀴는 결국 파국으로 이어진다.

"아니, 당신 어떻게 그렇게 침착할 수 있지요? 나를 이 지경에 이르게 하면 안 되잖아요. 당신이 나를 사랑한다면……."
"안나, 여기서 왜 내 사랑을 들먹이는 거요?"
"오, 당신이 내가 당신을 사랑하듯이 나를 사랑한다면……. 당신이 나처럼 고통스럽다면……!"
브론스키는 안나가 안돼 보이면서도 동시에 화가 났다. 그는 자기가 그녀를 사랑한다는 것을 확신시켜 주었다. 그것만이 그녀를 달랠 길임을 알았던 때문이었다. 그는 말로는 그녀를 비난하지 않았지만 마음속으로는 비난하고 있었다.

그로서는 입 밖에 내기도 부끄러울 정도로 유치한 사랑의 맹세들을 게걸스럽게 받아 마신 후 그녀는 겨우 진정이 되었다.

알렉세이 브론스키(ESFP)

브론스키는 '완벽 그 자체'의 인물로 묘사된다. 그는 부자에다 똑똑하고 앞길이 창창한 무관의 길을 걷는 미남이다. 파티나 사교 모임에서 돋보이는 인물로 잘 다듬어진 매너와 화술로 사람들과 쉽게 어울리며, 특히 여성들에게 인기가 많다. 그는 사회적 관계를 즐기고 주목받는 것을 좋아한다. 자기애와 자의식을 바탕으로 자신의 외양을 극적으로 연출하고 원하는 것을 어필하는 데 능하다.

명민한 현실 감각으로 세속적 가치에 대한 욕망을 지녔으며 특히 강한 명예욕과 공명심을 드러낸다. 대단히 영리하여 손해 보는 짓은 하지 않는 타입. 안나를 열정적으로 사랑하면서도 그녀와의 관계에서 자신이 얻을 것과 잃을 것을 은연중에 계산하며 끊임없이 역학관계를 저울질하는 인물이다.

사교계와 군대에서의 그의 첫 행보는 성공적이었다. 그런데 2년

전에 그는 큰 실수를 했다. 그에게 제안이 들어온 자리를 그가 거절한 것이다. 그가 그 자리를 거절한 것은 자신의 독립심을 보여주어 더 큰 미래를 보장받기 위해서였다. 그는 그 거절을 통해 자신에 대한 평가가 더 높아지기를 기대했다. 그러나 만용일 뿐이었고, 결국 그는 승진하지 못한 채 여전히 대위로 머물러 있었다.

최근 안나와 관계를 맺게 되면서 사람들 사이에 오가는 온갖 루머, 사람들이 그들에게 보내는 이목이 그에게 새로운 광채를 부여하게 되었고, 그는 자신을 괴롭히던 야망이라는 벌레를 잠시나마 잠재울 수 있었다.

그는 금세 사랑에 불타오르는 만큼 빠르게 식는 면모를 지니고 있다. 지루함과 권태를 쉽게 느끼며 넘치는 에너지를 생산적으로 소비할 수 있는 역동적인 삶을 원한다.

브론스키는 그의 간절한 소망이 완벽히 실현되었음에도 불구하고 완벽하게 행복하지 않았다. 그는 그 소망이 실현됨으로써 얻은 것이라고는 행복이라는 거대한 산 가운데 겨우 모래 한 알에 불과하다는 것을 금세 깨달았다. 그는 사람들이 흔히 믿고 있는 것, 즉 욕망의 실현이 곧 행복이라는 믿음이 잘못된 것임을 알게된 것이다.

평민복을 입고 그녀와 가까이 지내면서 그는 이전에 맛보지 못하던 자유를 맛보았고, 사랑의 자유를 맛보았다. 그리고 그는 만족해했다. 하지만 그 만족은 오래가지 않았다. 그는 얼마 가지 않아 자신의 마음속에 욕망을 향한 욕망, 즉 권태가 고개를 들고 있음을 느꼈다.

알렉세이 카레닌(ISTJ)

카레닌은 사회적 지위와 명예를 가장 중요하게 여기며 감정보다는 이성에 따라 행동한다. 다른 사람들과의 관계에서도 정서적 유대보다는 역할과 책임을 중시한다. 안나의 불륜을 처음 인지한 순간 그녀가 다른 남자를 사랑한다는 사실에 충격받기보다는 그녀로 인해 자신의 체면이 손상될 것을 우려하는 면모에서 이러한 성향이 엿보인다.

"난 당신 말을 들으면서 그 사람을 생각해요. 나는 그를 사랑해요. 난 그 사람 애인이에요. 나는 당신을 견딜 수 없어요. 당신이 두려워요. 당신을 증오해요……. 이제 당신 마음대로 하세요."

그녀는 마차 구석에 몸을 던지고 흐느꼈다. 카레닌은 미동도 하지 않았다. 그 시선은 마치 죽은 자의 시선처럼 아무런 표정이 없었다.

마차가 별장에 도착하자 그는 여전히 표정을 바꾸지 않은 채 아내에게 말했다.

"좋소! 하지만 내가 내 명예를 지켜 낼 방법을 찾아내기 전까지는 겉으로는 예의범절을 갖춰 주기 바라오. 내가 방법을 찾으면 알려 주겠소."

그는 지극히 현실적이고 논리적이며 원칙주의적인 타입이다. 자신의 원칙에서 벗어나지 않는 한에서는 인내심을 발휘하지만 상대가 선을 넘는 순간 가차 없이 손절하는 냉정한 면모를 지니고 있다.

"나는 당신 정부(情夫)를 집에 들이지 말라고 했소. 나는 딱 한 가지 예의만 지켜 달라는 조건으로 당신에게 자유를 준 것이오. 당신의 명예를 지키기 위해서였소. 그런데 당신이 예의를 지키지 않았으니 나는 이 사태를 끝내기 위한 조치를 취하겠소."

카레닌은 안나에게 자신의 원칙을 차분히 설명하고 기회를 여러 번 주지만 그녀는 번번이 약속을 어기고 제멋대로 행동한다. 인내심이 한계에 도달한 순간 그는 모든 기대를 접고 칼같이 그녀의 약점을 공격한다. 그녀에게서 아들 세료자를 영원히 빼앗아 버린 것. 그리고 다시는 용서하지 않음으로써 그녀를 영원한 고통 속에 몰아넣는다.

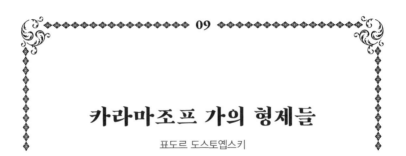

카라마조프 가의 형제들

표도르 도스토옙스키

작품 해제

◆

　도스토옙스키의 장편소설 『카라마조프 가의 형제들』은 19세기 후반 제정 러시아의 정치적, 종교적, 철학적 격변기를 배경으로 한다. 죄와 벌, 신앙과 구원, 인간 본성과 내적 갈등, 자유와 책임 등 인간사의 보편적 주제를 다루는 이 작품에는 전환기 러시아의 시대상이 반영되어 있다.

　19세기는 러시아 사회에서 권위주의적인 전제왕권에 대한 민중의 저항 의식이 높아져 가는 가운데 서구 사회로부터 자유주의, 무신론, 유물론 등 근대적 사상이 유입되어 전통적 질서와 충돌을 일으킨 시기였다.

소설 속 카라마조프 가문의 부자(父子)들이 지닌 독특한 개성은 이러한 혼란한 시기의 다양한 인간 군상을 상징한다. 타락한 전통적 권위를 상징하는 아버지 표도르, 정열적이지만 방황하는 인간을 상징하는 맏아들 드미트리, 무신론과 도덕적 회의의 상징인 둘째 아들 이반, 도덕적 이상과 사랑을 대변하는 막내아들 알렉세이까지 각기 극명한 성향 차이를 보이는 이들은 극단으로 치닫는 상호 갈등 속에 서로 다른 방식으로 대응하며 상이한 운명을 맞는다.

도스토옙스키의 비판 의식은 당시 급변하는 러시아 사회에서 만연해 가던 인간성 상실과 물신주의를 향해 있으며 이는 소설 속 카라마조프 가의 갈등을 촉발하는 원인으로 등장하기도 한다. 그는 이러한 세태를 근대적 병리 현상의 일환으로 지적하며 해결 방안을 찾고자 하였다. 바람 잘 날 없던 카라마조프 가문은 결국 몰락하지만, 결말부에 새로운 희망의 가능성은 미세하게나마 열려 있다는 점에 주목할 필요가 있다. 『카라마조프 가의 형제들』에는 용서와 사랑, 인간성에 대한 신뢰를 바탕으로 모두가 상생할 수 있는 길을 찾아야 한다는 도스토옙스키의 박

애주의 사상이 녹아들어 있다.

줄거리

러시아의 작은 마을에 사는 표도르 카라마조프는 방탕하고 이기적인 호색한이다. 고리대금업으로 자수성가한 그는 나이를 먹어서도 자신의 정욕과 물욕을 채우는 일 외에는 관심이 없다. 두 번의 결혼을 통해 얻은 세 아들 드미트리, 이반, 알렉세이를 무관심하게 방치했으며 줄곧 냉담한 관계를 유지한다. 각기 독특한 개성과 가치관을 지닌 카라마조프 가의 구성원들 간에는 복잡한 이슈가 얽혀 대립과 갈등이 끊이지 않는다.

표도르는 장남 드미트리가 자신의 첫 아내에게 상속받은 재산을 가로채려 하며 스물두 살의 미녀 그루셴카를 놓고 피 튀기는 싸움까지 벌인다. 장남 드미트리는 부친 표도르의 존재를 아랑곳하지 않고 그루셴카를 열정적으로 사랑한다. 드미트리는 이미 귀족 여인 카체리나와 약혼 상태였으나 그 관계를 정리하려 할 정도로 그는 그루셴카에 푹 빠져 있다. 그는 그루셴카와의 새출발을 위해서 자신이 흥청망청 써댄 약혼녀의 돈을 갚아야 했고, 당장 돈이 필요해지자 부친 표도르와 담판을 지으려 한다.

그러던 어느 날 표도르가 자택에서 숨진 채 발견된다. 누군가에게 살해당한 정황은 분명했고, 그루센카에게 주기 위해 숨겨 두었던 돈은 사라진 상태였다. 이에 범행 동기가 충분한 드미트리가 용의자로 지목되어 체포된다. 드미트리는 자신의 결백을 호소하면서도 부친에 대한 살의를 품은 건 사실이라며 스스로 유죄를 인정한다.

한편 셋째 알렉세이는 드미트리의 결백을 확신하며, 남다른 촉을 발휘해 둘째 형 이반에게 사건의 진상을 밝혀 줄 것을 촉구한다. 이반이 불길한 예감으로 집안 하인 스메르쟈코프를 추궁하자 그는 "신이 없다면 모든 것이 허용된다"라는 이반의 가르침에 감화를 받아 범행을 저질렀다는 사실을 인정한다. 충격에 사로잡힌 이반은 자신이 아버지에 대한 혐오로 살의를 품고 무의식적으로 스메르쟈코프를 교사한 것이나 마찬가지라는 죄책감에 사로잡혀 신경쇠약과 섬망증에 시달린다.

진범 스메르쟈코프가 자살해 버리자 결국 드미트리는 누명을 벗지 못한 채 시베리아 유배형을 받는다. 그는 '고통으로 정화되겠다'란 결의를 품고 새로운 삶을 기약하며 시베리아로 떠난다. 한결같이 드미트리의 결백을 믿은 알렉세이는 깊은 신앙과 사랑으로 그를 위로하고 응원한다.

MBTI 분석

❖

표도르 카라마조프(ESTJ)

탐욕스럽고 부도덕한 인물로 방탕하고 이기적인 성향을 지닌 카라마조프 가의 가장. 사리사욕을 채우는 데 급급하여 자식들과의 정서적 유대를 뒷전으로 하고 돈과 쾌락만을 좇는다. 그 나이 먹고도 젊은 여자 하나 때문에 아들과 싸우는가 하면 아들의 유산으로 남겨진 돈까지 가로채는 비열함을 지녔다. 자수성가하여 큰 부를 이루었으나 정신적으로는 지극히 미성숙한 인물. 결국 자신의 사생아이자 집안 하인인 스메르쟈코프에게 둔기로 맞아 죽고 만다. 그 후 이어지는 지리한 재판 과정은 러시아 전체에 파문을 일으키게 된다.

"배심원 여러분, 이 사건은 러시아 전체를 뒤흔들어 놓았습니다.

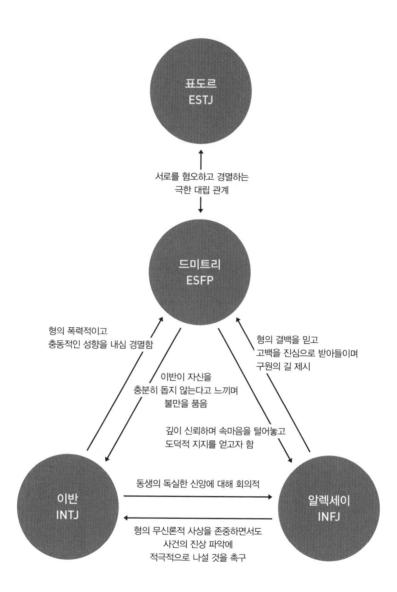

이번에 갑자기 전 러시아에 비극적인 이름을 떨친 카라마조프 일가는 결국 무엇이겠습니까? 우리나라 현대의 지식 계급에 공통되는 어떤 근본적인 요소가 이 가족 속에 깃들어 있는 것입니다. 방종하고 음란한 불행한 노인, 그처럼 최후를 마친 이 일가의 가장을 보십시오. 가난한 사람으로 출발하여 뜻하지 않은 우연한 결혼을 통해 얻은 재산으로 그는 처음엔 지적인 재능을 가진 사기꾼이었고 경박하기 이를 데 없는 어릿광대였으며 무엇보다 고리대금업자였습니다. 세월이 흐르고 재산이 불어감에 따라 점점 굴종과 추종은 자취를 감추고 결국엔 냉소적인 호색한이 되었습니다. 육체적 쾌락 외엔 아무것도 인정하지 않게 되고 자기 자식들에게도 그런 식으로 교육을 시켜 왔습니다. 그는 아버지로서의 의무 관념같은 건 전혀 가지고 있지 않았으며 오히려 그런 것을 비웃고 있었습니다."

드미트리 카라마조프(ESFP)

방탕하고 자제력 없는 싸움닭이자 난봉꾼. 정열적이며 감정에 쉽게 휘둘리는 충동적 성향을 지녔다. 종종 무책임하고 파괴적인 행동을 보인다. 그루셴카라는 여인을 둘러싸고 아버지인 표도르와 격렬한 갈등을 벌이는 과정에서 욕설을 하고 행패를 부리는 등 패륜적인 면모를 드러낸다.

"저놈을 붙들어라!"

표도르가 드미트리를 보고 소리를 쳤다.

그러곤 드미트리에게 달려들었고 드미트리는 달려드는 표도르를 방바닥에 쓰러뜨렸다.

그러곤 구둣발로 얼굴을 두세 번 걷어찼다.

표도르는 비명을 질렀다.

이반과 알렉세이가 드미트리의 행동을 저지했다.

"형님! 이게 무슨 짓이오! 정신 나갔소?"

"이 늙은이는 아버지도 아냐. 죽여 버리겠어!"

드미트리는 결국 평소의 행실이 누적된 탓에 부친 살해범으로 몰려 유죄를 받는다. 그는 재판을 받는 과정에서 내적 변화를 경험한다. 격한 감정이 안정되고 양심의 가책을 느끼며 도덕적 구원을 갈망하게 된 것.

"난 이제까지 매일 똑같이 비열한 행동을 일삼으면서 한편으론 매일같이 회개할 것을 다짐했었습니다. 하지만 이제야 나는 나 같은 인간에겐 운명의 채찍이 필요하다는 것을 깨달았습니다. 그런데 이제 그런 채찍이 내려졌습니다. 난 당신네들의 질책을, 그리고 사회의 모멸을 달게 받겠습니다. 그러나 마지막으로 한마디 하겠습니다. 맹세컨대 난 아버지의 피에 대해서는 아무런 죄가 없습니다. 내가 형벌을 받는 것은 아버지를 죽였기 때문이 아니라 죽이려는 마음을 품었었기 때문입니다. 사실 하마터면 죽이고 말았을지도 모르니까요."

드미트리의 음성은 매우 떨렸다.

드미트리는 자신을 한결같이 믿어 주는 막내 알렉세이에게 고통과 죄책감을 털어놓으며 도덕적 지지와 위안을 얻고자 한다. 그는 유배를 앞두고 자신의 죄를 인정하며 사랑과 용서에 도달한다.

알렉세이 카라마조프(INFJ)

신앙심이 깊고 온화하며 사람들에게 사랑과 용서를 베푸는 인물이다. 가족 간 갈등을 중재하는 역할을 수행하며 형제들의 고통을 함께 나누고자 노력한다. 각자의 다름을 그 자체로 존중하는 면모를 보이며 그 누구도 성급하게 평가하거나 비난하지 않는 성숙함을 지니고 있다.

그는 영적인 인물로, 진범을 찾는 데 있어 비상한 촉을 발휘한다. 드미트리가 저지른 여러 잘못에도 불구하고 그가 범인이 아님을 굳게 확신하며, 이반에게로 찾아가 그의 무신론적 사상이 사건에 미친 영향을 생각해 볼 것을 촉구한다.

"아버지를 죽인 것은 형님이 아녜요. 형님이 아닙니다!"
알렉세이는 단호하게 되풀이했다.
"그렇지. 내가 죽이지 않았다는 것은 나 자신이 잘 알고 있다."
"다만 형님은 '하수인은 나다' 하고 자기 자신에게 말씀하셨습니다."
"내가 언제 그런 말을 했어? 내가 하수인? 나는 모스크바에 있었어! 내가 언제 그랬어!"
이반은 넋을 잃고 중얼거렸다.
"형님은 지난 두 달 동안 혼자 계실 때 몇 번이나 자기 자신에게 그렇게 말씀하셨습니다."
알렉세이는 자기의 뜻에 의해서가 아니라 그 어떤 물리칠 수 없는 명령에 의해 정신없이 말해 댔다.

이로써 이반이 추궁에 나서고 결국 그의 사상에 영향을 받은 스메르쟈코프가 진범임이 드러난다. 스메르쟈코프가 법정 자백 없이 자살하여 사건은 미궁에 빠져 버리지만 알렉세이는 진실을 밝히는 데 큰 역할을 한다.

이반 카라마조프(INTJ)

이반은 냉철하고 이성적인 철학자로 신과 도덕의 문제에 대해 회의적인 입장을 취한다. 그는 냉소적인 이기주의자로서 아버지인 표도르를 경멸하며 집안 문제에 깊이 연루되기를 꺼린다. 뿐만 아니라 "신이 없다면 모든 것이 허용된다"라는 논리를 견지하며 표도르의 죽음을 실질적으로 방조한다.

이반은 두 손으로 머리를 움켜잡았다.

그러더니 다시 말했다.

"혼자 죽였나? 아니면 형님과 함께 했나?"

"아뇨, 도련님과 함께 했을 뿐입니다. 도련님과 함께 죽였을 뿐이지요. 드미트리 님에겐 하나도 죄가 없습니다."

"왜 이렇게 떨리지? 정말 말도 못 하겠어."

"도련님은 그 무렵에 말하셨지요. '무슨 짓을 해도 허용된다.' 곧잘 이런 말을 하셨는데 새삼스럽게 왜 이렇게 놀라죠?"

"어떻게 죽였나? 어떤 방법으로?"

"도련님의 그 말씀에 따라 아주 자연스런 방법으로 했지요."

스메르쟈코프는 한숨을 내쉬면서 말했다.

이반은 알렉세이의 끈질긴 설득으로 자신에게 사상적 영향을 받은 스메르쟈코프가 진범임을 확인하고 섬망에 시달리며 정신적 붕괴를 경험한다. 그는 자신의 철학적 신념이 사건에 결정적인 영향을 미쳤다고 느끼며 내적 갈등과 죄책감으로 괴로워하게 된다.

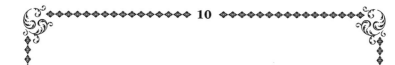

허클베리 핀의 모험

마크 트웨인

작품 해제

마크 트웨인의 『허클베리 핀의 모험』은 노예 해방 이전인 1840~1850년대 미국 남부를 배경으로 한 소설이다. 이 무렵은 미국에서 노예제도가 여전히 합법적이었으며 특히 남부 농업 사회가 노예 노동에 의존하던 시기였다. 노예제의 비인간성에 대한 비판 의식이 확산됨에 따라 '노예제도 유지냐, 폐지냐'를 놓고 남부와 북부가 첨예하게 대립하며 전운이 감돌기 시작한 혼돈의 시기였다.

작품에 등장하는 흑인 노예 짐은 당시 노예제의 냉혹한 현실을 대변하며, 그의 탈출과 자유에 대한 갈망이 작품의 주요 갈등 구도를 구성한다. 저자인 마크 트웨인은 짐을 향한 편견 어린 시선과 부당한 처우를 실감 나게 묘사하며 당시 사회에 만연해 있던 인종 차별과 노예제의 부조리성을 은유적으로 드러내고 있다.

한편 백인 소년 허클베리 핀(이하 혁)이 짐을 두고 사회적 규범과 개인적 양심 사이에서 갈등하는 모습은 당대 노예제를 둘러싼 혼란상을 대변한다. 특히 짐의 탈주를 도와주는 행위가 당시 위법임을 인식하며 죄책감을 느끼면서도 인간성의 가치를 따라 도덕적 결정을 내리는 모습에는 노예제에 대한 비판 의식이 깃들어 있다.

줄거리
◈

술주정뱅이의 아들 혁은 절친 톰 소여와 모험을 벌이다 뜻밖에 큰돈을 손에 넣게 된다. 이후 혁은 더글라스 과부댁에 입양되어 그녀와 그녀의 동생 왓슨 부인에게서 온갖 예절과 교양을 익히며 학교에 나가 글을 배운다. 틀에 박힌 생활에 숨 막혀하며 염증을 느끼는 자유로운 영혼 혁. 그 무렵 혁이 떼돈을 벌었다는 소문을 듣고 나타난 아버지에 의해 헉은 통나무집으로 끌려오게 된다. 헉은 아버지의 폭력과 폭언은 싫어도 자유로운 숲 속 생활이 더 낫다고 느낀다.

하지만 점점 심해지는 아버지의 학대에 위협을 느끼면서 헉은 탈출을 감행한다. 도끼로 문을 부수고 돼지를 잡아 죽여 집 안을 피바다로 만듦으로써 마치 침입자에게 살해당한 것처럼 꾸민 뒤 헉은 무작정 뛰쳐나온다. 아무도 자신을 다시 찾지 않길 바라면서. 그는 카누를 훔쳐 무인도인 잭슨 섬으로 숨어든다. 그곳에서 발견한 건 뜻밖에도 왓슨 부인의 흑인 노예 짐. 그는 왓슨이 자신을 다른 곳에 팔아넘긴다는 말을 듣고 기겁한 채 도 망치다 여기로 숨어들었다고 자초지종을 밝힌다. 둘은 반가워 하며 홍수로 떠내려온 뗏목을 타고 함께 미시시피강을 따라 자 유를 찾아 떠난다.

헉과 짐은 험난한 모험의 여정에서 서로에게 의지하며 우애 를 느낀다. 그들은 온갖 기상천외한 사건들을 경험하게 되는데, 특히 공작과 프랑스 왕 루이 17세라고 주장하는 사기꾼들을 만 나 큰 곤욕을 치른다. 이 두 사기꾼이 자신들을 배에 태워 주며 도와준 짐을 펠프스 농장에 팔아 버린 일은 모험 중에 닥친 가장 큰 위기다.

헉은 짐을 찾기 위해 아칸소 주의 어느 마을에 도착한다. 그
곳에서 마침 친척 집에 방문한 톰을 만나게 되고, 헉은 그와 함
께 헛간에 갇힌 짐을 탈출시키기 위한 계획을 짠다. 그런데 모
험광인 톰이 드라마틱한 감옥 탈출을 연출한답시고 불필요하
게 거창한 계획을 밀어붙이면서 일이 커지게 된다. 이를테면 감
옥을 적나라하게 재현하기 위해 굳이 쥐, 뱀, 거미를 활용한다
거나, 톱으로 헛간의 판자 몇 개만 자르면 탈출 가능함에도 굳
이 숟가락으로 땅을 파게 한다거나, 집 앞에 "큰일이 벌어질 것
이다"라는 내용의 범죄 예고문을 써 붙여 마을 사람들이 무장한
채 몰려들게 만드는 등 톰은 자기 세계에 빠져 불필요하게 헉과
짐을 고생시킨다. 계획은 좌충우돌 성공적으로 진행되나 마지
막에 짐과 도망치는 과정에서 톰이 허벅지에 총에 맞아 부상을
입는다. 미스 왓슨이 이미 유언으로 짐을 해방시켰다는 사실을
톰이 애초부터 알면서도 재미를 위해 무리한 모험을 꾸몄다는
사실 또한 밝혀진다.

한편 헉은 이번엔 톰의 이모가 자신을 양자로 들이려 한다는
이야기를 전해 듣고 학을 떼며 아무도 모르게 인디안 부락으로

떠날 것을 결심한다.

MBTI 분석

◆

헉 핀(ESTP)

헉은 자유분방한 모험가로 능청맞고 잔꾀가 많은 소년이다.
장난기와 호기심이 넘치는 그는 남다른 관찰력으로 실생활에서
보고 들은 생활의 지혜를 탈출과 모험의 자양분으로 활용한다.
영리하고 똘똘하지만 필요에 따라 순진하고 멍청하게 행동할
줄 알며, 때로는 아무것도 모르는 어린이인 척하며 위험을 피하
거나 원하는 것을 손에 넣기도 한다. 천연덕스럽고 의뭉스러우
며, 여간 잔망스럽지가 않은 인물.

소형 보트는 악당들이 난파선에서 훔친 약탈품으로 반이나 차 있
었다. 망보는 사람이 어디서 자고 있을까를 궁금하게 여기며 여기
저기 찾아보았다. 이윽고 머리를 무릎 사이에다 처박고 이물 쪽
밧줄 감는 말뚝 위에 앉아 자는 사람을 발견했다. 나는 그의 어깨
를 두세 번 가볍게 떼밀고는 울기 시작했다. 그 남자는 좀 놀란 듯
이 몸을 일으켰다. 그러나 그게 나라는 것을 보고는 하품을 크게

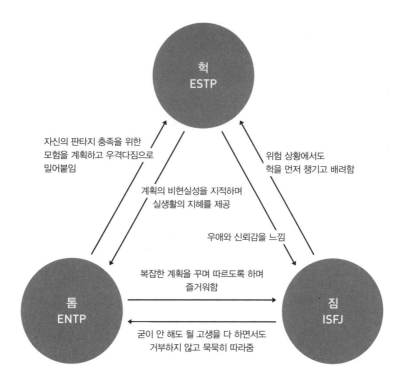

하고 기지개를 켜고는 이렇게 말했다.

"얘야, 무슨 일이 있느냐? 울지 마라. 무슨 문제라도 생겼느냐?"

내가 말했다.

"아빠하고 엄마하고 누나하고……."

그러고는 나는 울음을 터뜨렸다.

혁은 틀에 박힌 안락한 생활을 극도로 혐오하며 위험해도 제멋대로 살기를 원하는 자유로운 영혼이다. 쉽게 지루함을 느끼는 성격 탓에 새로운 돌발 상황이 일어나기를 기대하는 괴짜이기도 하다. 그는 모험 중 맞닥뜨리는 예상치 못한 위기에 유연하고 기발하게 대처하며 상황을 즐긴다. 계략을 잘 꾸미고 장난치기 좋아하는 성격 탓에 짐을 골려 먹으며 그를 정색하게 만들기도 한다.

나는 담배를 가지러 동굴에 갔다가 그 속에서 방울뱀 한 마리를 발견했다. 그것을 죽여 마치 살아 있는 뱀처럼 둥글게 똬리를 틀게 하고는 짐의 담요 발치에 놓아두었다. 거기서 짐이 그 뱀을 발견하면 재미있는 일이 벌어질 거라고 생각했던 것이다. 그런데 막상 밤이 되었을 때는 뱀에 대해서는 까맣게 잊었다. 그런데 내가 불을 켜는 동안 짐이 담요 위에 털썩 앉았을 때 그 죽은 뱀의 짝이 거기 있다가 짐을 물었다.

그도 어쩔 수 없는 백인 소년인지라 탈주 노예인 짐을 돕는 것에 대해 꺼림칙함을 느끼기도 하지만 결국 "좋아, 난 지옥으로 가겠어!"라는 결단과 함께 짐에게 끝까지 의리를 지킨다. 철 없고 충동적인 말썽꾸러기 소년이지만 모험의 과정에서 성장하고 성숙해져 가는 모습을 보여 준다.

짐(ISFJ)

짐은 흑인 노예로서 인간으로서의 존엄성을 무시당하는 현실적 제약에도 불구하고 희망과 낙천성을 잃지 않는 인물이다. 그는 자신이 믿는 소수의 사람들과 깊은 정서적 유대를 형성하며 진심으로 신뢰하는 모습을 보인다. 그는 암담한 상황에도 좌절하지 않고 생존과 먹고살기 위한 실질적 문제의 방도를 모색한다. 또한 세상을 긍정적으로 바라보며 험난한 모험의 여정에서도 유머를 잃지 않는 유쾌함을 지녔다.

혁과의 관계에서 짐은 끝까지 신뢰를 유지하며 끈끈한 동료애를 보여 준다. 혁의 짓궂은 장난으로 인해 둘은 긴장 모드에 돌입하기도 하지만 결국 짐은 그를 너그럽게 용서한다. 짐의 한결같은 이해와 배려, 그리고 헌신적인 자세는 혁을 감동시킨다. 탈주 노예를 돕는 행위로 죄책감에 시달리던 혁이 "지옥으로 가겠다"란 결심과 함께 고발을 포기한 건 짐의 따뜻한 마음에 대한 고마움 때문이었다.

어쩐지 내가 짐을 못마땅하게 생각했던 구석은 찾을 수가 없었다. 다만 그 반대의 경우만 떠올랐다. 내가 계속 잠을 잘 수 있도록 나를 깨우지 않고 자기 당번에 더해서 내 당번까지 서주던 그의 모습이 보였다. 내가 안개 속에서 돌아왔을 때라든지 원한으로 두 집안이 싸우던 그곳 늪지에서 내가 다시 그에게로 돌아갔을 때라 든지 그 밖에도 그런 경우가 있었을 때 그가 그토록 기뻐하던 모 습이 눈에 선했다. 나를 늘 귀염둥이 도련님이라고 부르며 귀여워 해 주었고 나를 위해서라면 자신이 생각할 수 있는 모든 것을 해 주었고 항상 친절했던 그의 모습이 떠올랐다.

한편 톰과의 관계에 있어 짐은 자신이 모험의 도구로 이용당 한다는 것을 눈치채고도 관대하게 협조한다. 톰의 행동은 어린 아이의 순수한 모험심과 당시 학습받은 사회적 편견이 뒤섞인 결과임을 그는 이해하는 것이다. 짐은 톰이 기획한 감옥의 열악 한 환경을 두고 "감옥 생활이 이런 거라면 월급을 받아도 못 해 먹겠다"라며 툴툴거리면서도 순순히 그에게 협력한다. 짐이 어 린 톰의 의도를 비난하거나 거부하지 않고 따라 주는 모습에서 그의 성숙함과 현실주의적 성향을 엿볼 수 있다.

톰 소여(ENTP)

톰은 타고난 관종에다 영웅심리를 지닌 악동이다. 주인공 판 타지가 있어 친구들을 주도하여 모험을 계획하기를 즐긴다. 소 설에서 읽은 내용을 현실에서 구현해 내기를 원하며 상상력과 창의력을 바탕으로 허구를 만들어 내는 것도 즐긴다. 리더십이 있고 고집도 무진장 세서 그룹에서 대장 노릇을 하며 무조건 자기가 원하는 방식으로 밀어붙이는 성격.

톰에게 있어 모험은 그 자체의 즐거움을 누리는 유희의 도구다. 헉에게 있어 모험이란 생존이 달린 실존적 문제인 것과는 확연한 차이인지라 둘 간에 이견이 많이 발생한다. 헉은 자신과 달리 톰이 잃을 게 많은 아이인 걸 알아서 무모한 도전을 제지하기도 하고 되도록 현실적인 방안을 선호하지만 대부분 톰의 열정에 이끌려 그의 계획을 따른다. 이 같은 의견 차이는 때론 긴장을 유발하기도 하지만 둘을 상호보완이 잘 되는 환상의 콤비로 만들기도 한다. 톰은 헉에게 상상의 즐거움을, 헉은 톰에게 실질적인 지혜를 제공하는 까닭이다.

한편 톰이 짐을 대하는 행동은 억압적인 노예제도를 재미를 위한 놀이로 소비하는 듯한 태도로 비치기도 한다. 톰은 짐의 고통을 아랑곳 않고 그를 구출해 내는 과정을 흥미진진한 모험으로 여긴다.

"짐, 그렇게 바보처럼 굴지 마. 죄수란 어떤 말 못 하는 애완동물을 하나 길러야 하는 거야. 그리고 이제껏 방울뱀을 길들이려고 시도한 사람이 없었다면 짐이 세상에서 제일 먼저 그것을 시도한 사람이 되는 거거든. 그러면 그런 일에 최초의 인물이라는 점에서 오는 영광은 짐이 생명을 구하려고 생각해 낼 수 있는 어떤 방법보다 더 큰 명예를 얻게 되는 거야."

"톰 도련님, 난 그런 영광은 싫단 말예유. 뱀에게 턱을 물리면 영광이구 뭐구가 다 무슨 소용 있남유? 난 그런 짓은 원치 않는다구유."

"젠장, 한 번 시도해 볼 수도 없겠어? 난 짐이 한 번 시도해 봤으면 하거든-그러다 잘 되지 않으면 계속할 필요는 없어."

짐의 감정에 대한 고려 없이 자신의 욕심을 채우려는 톰의 모습에서 독단적인 성향과 깃털처럼 가벼운 무신경함을 엿볼 수 있다.

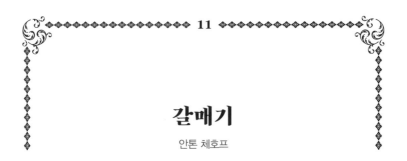

갈매기

안톤 체호프

작품 해제

안톤 체호프의 희곡 『갈매기』는 19세기 말 제정 러시아의 몰락이 가시화되고 사회적·경제적·문화적 변화가 극심하게 진행되어 가던 격변의 시기에 집필되었다.

알렉산드르 2세가 단행한 농노해방(1861) 이후 한층 극심해진 사회 갈등, 경제적 불평등, 급진적 사상의 전파와 정치적 억압, 문화적 불안은 차르 체제와 전통적인 가치관에 대한 대중의 회의감과 무력감을 확산시키고 있었다. 당대 유럽 전역을 휩쓸던 데카당스(Decadence, 퇴폐주의)와 니힐리즘(Nihilism, 허무주의)의 영향으로 사회적 긴장과 고뇌가 더욱 높아졌던 시기이기도 하다. 체호프는『갈매기』속 다양한 인물 군상을 통해 이러한 세기 말적 퇴폐와 혼돈을 세밀하게 표현해 냈다.

체호프는 인간의 내면과 일상적 삶을 사실적으로 묘사하며 기성 작품들의 극적인 경향과는 차별화되는 단조롭고 정적인 형태의 극을 제시했다. 그는 문학 작품이 실제로 살아 있는 현실에서 일어나는 소소하고 하찮은 일상을 객관적으로 보여 주어야 한다는 견해를 가지고 있었다. 소시민들의 일상, 사랑과 배신, 속물근성, 번뇌와 좌절, 인생무상 등 누구나 겪을 수 있는 삶의 문제들을 그는 특유의 간결하고 섬세하고 객관적인 문체를 통해 그려 내고 있다.

줄거리

❖

극작가를 꿈꾸는 청년 트레플레프가 그의 어머니이자 여배우인 니콜라예브나와 함께 휴식을 위해 러시아 시골 영지 내 대저택을 찾는다. 나르시시스트인 어머니는 그의 작품을 '데카당'이라는 경멸 섞인 표현으로 폄하하며 그의 능력을 과소평가한다.

트레플레프는 어머니의 애인이자 유명 작가인 트리고린마저
도 영 마음에 들지 않는다. 그는 트리고린의 판에 박힌 작품 세
계를 비판하며, 보다 결정적으로는 자신이 짝사랑하는 배우 지
망생 처녀 니나가 트리고린을 흠모하기 때문에 그를 경멸한다.

트레플레프는 니나가 트리고린을 추앙하는 것에 격분하며 죽
은 갈매기를 그녀의 발밑에 던진 채 사라진다. 니나는 그 행위
에 뭔가 상징적인 의미가 깃들어 있을 거라 생각은 하면서도 굳
이 해석하려 하지 않는다. 트레플레프는 그녀의 무관심에 좌절
하여 자살을 시도하지만 실패한다.

한편 니나는 낚시를 마치고 돌아오는 트리고린과 깊은 이야
기를 나누며 더 깊은 사랑에 빠진다. 니나는 흥분하며 트리고린
을 우상화하지만 트리고린은 작가로서 자신의 일상이 얼마나
진부한 매너리즘에 빠져 있는지 솔직하게 털어놓는다. 니나는
트리고린을 이해하기 힘들어하면서도 그를 더욱 신비롭게 여긴
다. 트리고린은 지루하던 차에 자신을 동경하는 젊고 순진한 처
녀를 보고 호기심이 동하여 그녀와 모스크바에서 밀회하기로
약속한다. 그렇게 둘은 연인이 된다.

시간이 흘러 트레플레프는 원하던 대로 유명 극작가가 된다. 그러나 그는 니나가 트레고린에게 비참하게 차이고 피폐해졌다는 소문을 듣고 가슴 아파한다. 관계에 진지했던 니나와 달리 트리고린에게 그녀는 그저 심심풀이 상대였던 것이다. 트리고린은 다시 어머니의 애인이 되어 저택에서 함께 머문다.

그곳에 우연히 들르게 된 니나는 트리고린의 흔적을 찾는 데 열중한다. 트레플레프는 집으로 찾아온 니나를 반가워하며 기뻐해 마지않지만 니나는 그저 어디선가 들려오는 트리고린의 목소리에만 귀를 기울일 뿐이다. 어렵사리 트레플레프는 자신의 마음을 고백하지만 니나는 이를 거부하고 자리를 뜬다. 더 이상 희망이 없다고 여긴 트레플레프는 권총으로 자살해 생을 마감한다.

MBTI 분석

◆

트레플레프(INTP)

트레플레프는 자존심은 세지만 자존감은 낮은 극작가 지망생이다. 그는 철학적이고 사색적인 내면을 반영하여 심오하고 실

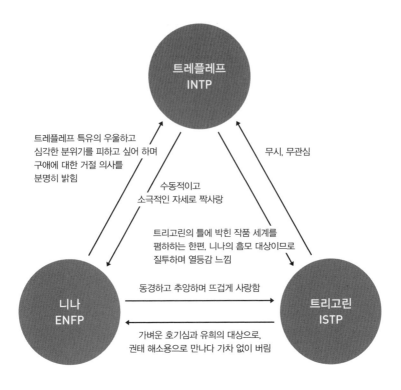

트레플레프
INTP

트레플레프 특유의 우울하고
심각한 분위기를 피하고 싶어 하며
구애에 대한 거절 의사를
분명히 밝힘

무시, 무관심

수동적이고
소극적인 자세로 짝사랑

트리고린의 틀에 박힌 작품 세계를
폄하하는 한편, 니나의 흠모 대상이므로
질투하며 열등감 느낌

니나
ENFP

동경하고 추앙하며 뜨겁게 사랑함

트리고린
ISTP

가벼운 호기심과 유희의 대상으로,
권태 해소용으로 만나다 가차 없이 버림

험적인 작품 세계를 선보인다. 그는 틀에 박힌 구습을 혐오하여
기존의 예술적 경향에 반기를 들고 유니크한 작품을 집필하지
만 세간의 인정을 받지 못한다. 어린 시절부터 부모의 사랑 없
이 자라 정서적 결핍이 있으며 강한 반항심과 반골 기질을 내면
에 지니고 있다.

"말이 나왔으니 하는 얘긴데, 나는 당신네들 누구보다 재능이 있

어요! (머리에서 붕대를 잡아 뜯는다.) 당신들, 구습에 사로잡힌 고집
불통들은 예술에서 우선권을 거머쥔 채, 자기들이 하는 것만 정당
하고 참다운 것이라 여기며 다른 사람들을 억압하고 질식시키고
있다고요! 나는 당신들을 인정하지 않아요! 어머니도 그 사람도!"

밝고 아름다운 니나를 흠모하지만 트리고린에게 빼앗기자 열
등감을 느끼며 크게 좌절한다. 결국 유명한 극작가가 되지만 내
면의 공허감은 사라지지 않는다. 충동적인 성향을 제어하지 못
하고 극단적 선택으로 삶을 마감하는 비극적 인물이다.

"나는 여전히 백일몽과 환영의 혼돈 속에서, 그것이 무엇을 위해
서 그리고 누구를 위해서 필요한지도 알지 못한 채 헤매고 있네
요. 나에겐 믿음이 없어요. 나는 내 사명이 무엇인지 모릅니다."

트리고린(ISTP)

트리고린은 권태에 빠지기 쉽고 다소 우유부단한 성격을 가
진 작가다. 문학적 재능은 뛰어나지만 대문호가 되지 못했다는
콤플렉스로 인해 고뇌하고 자조하는 인물. 무시당하던 무명작
가 시절에 대한 보상 심리로 인해 상대방의 호의를 있는 그대로
받아들이지 못하는 꼬인 성격도 엿보인다.

"뭘 쓰고 계시나요? 우리에게 어떤 작품을 선사하시려는지요?'
하나같이 똑같은 소리, 똑같은 소리들입니다. 그런데 나에게는 지
인들의 이런 관심과 칭찬과 열광이 모두 거짓으로 보여요. 이들은
환자를 속이듯이 나를 속이고 있단 말이죠. 나는 때때로 이 사람
들이 내 등 뒤로 살그머니 다가와 나를 붙잡아서 포프리신(니콜라
이 고골의 단편소설 「광인 일기」에 나오는 주인공)처럼 정신 병원으로 끌
고 가지나 않을까 두려워요. 젊은 시절, 내 최고의 시절은 또 어땠
겠습니까. 내가 작가라는 직업에 처음 발 디뎠던 그 시절은 오로
지 끝없는 고통의 연속이었어요."

그는 현실적이며 안정 지향적인 성향으로 인해 틀에 박힌 작
품들을 생산하며 자기혐오에 빠진다. 일상의 지루함을 벗어나
고자 니나와 잠시 가벼운 유희에 빠지지만 이내 흥미를 잃고 금
세 현실로 복귀한다.

니나(ENFP)

니나는 꿈 많고 생기발랄하며 의욕이 넘치는 배우 지망생이
다. 아직 어린 탓에 세상 물정에 어둡지만 해맑은 순진함이 매
력적인 여인. 낙천적이며 자유분방하다. 그녀는 연극 무대에서
자아를 표현하는 일에 강한 매력을 느끼며 큰 무대에서의 활약

을 꿈꾼다.

"작가나 여배우가 되는 행복을 누릴 수 있다면, 저는 가까운 사람들의 증오도, 궁핍한 생활도, 좌절도 다 참아 낼 수 있어요. 다락방에 살면서 호밀빵만 먹는다 해도 상관없어요. 자신이 부족하다는 걸 깨닫고 스스로에 대한 불만 속에서 괴로워하게 되더라도 괜찮아요. 다만 그 대가로 저는 영광을 요구하겠어요……. 세상을 뒤흔들 정도의, 진정한 영광. (두 손으로 얼굴을 가린다.) 머리가 빙빙 돌아요……. 아아!"

그녀는 자신의 감정을 솔직하게 드러내는 유형으로, 무모하다시피 저돌적인 면모도 지니고 있다. 그는 자신에게 구애하고 흠모하는 트레플레프에게 거절 의사를 분명히 드러내는 한편, 마음속 동경의 대상인 트리고린을 적극적으로 유혹한다. 그리고 트리고린의 관심을 얻자 자신의 모든 걸 바쳐 열정적으로 사랑한다.

그 후 자신에게 흥미를 잃은 트리고린에게 버림받자 그녀는 다소 흑화한다. 그러나 심각하게 좌절하거나 꿈을 포기하지는 않는다. 그녀는 특유의 긍정적 마인드와 회복탄력성, 그리고 밝은 에너지로 또다시 힘을 내어 앞으로 나아간다.

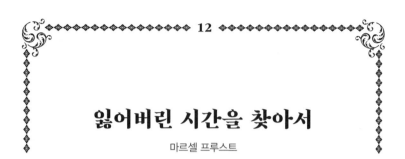

잃어버린 시간을 찾아서

마르셀 프루스트

작품 해제

◈

마르셀 프루스트의 『잃어버린 시간을 찾아서』는 벨 에포크 (Belle Epoque) 시기의 프랑스를 배경으로 한다. 벨 에포크는 19세기 말부터 제1차 세계대전 발발 직전까지의 시기로 경제적 번영과 문화적 부흥 속에 낙관주의가 지배했던 시기를 일컫는다. 이 시기에 일어난 정치적 사건, 사회 계층구조 변화, 새로운 예술 사조의 등장 등 시대적 배경이 작품의 주요 테마와 서사에 깊이 영향을 미쳤음을 확인할 수 있다.

작품이 집필된 시기는 귀족 계층의 쇠퇴와 부르주아 계층의 부상이 두드러지던 전환기였다. 산업화와 자본주의의 확산에 따라 경제적 기반을 갖춘 신흥 부르주아 계층이 사회적 영향력을 확대하며 전통적 귀족 계층과 갈등을 빚던 시기였다. 프루스트는 사교계를 중심으로 한 계층 간 교류와 마찰을 섬세하게 묘사하며 시대적 변화를 담아내고 있다.

한편 당시 프랑스는 제3공화국 체제하에 있었으며 비교적 안정된 정치 환경이 유지되었다. 다만 프로이센-프랑스 전쟁(1870~1871)에서 굴욕적으로 패배한 결과 제3공화국이 세워졌던 만큼 이 시기 프랑스에서 군국주의와 애국주의의 기치는 강박적일 정도로 드높았다. 이러한 와중에 드레퓌스 사건(19세기 말 프랑스 제3공화국이 독일과의 전후 관계에서 유대인 혈통의 프랑스군 장교 알프레드 드레퓌스에게 부당하게 스파이 혐의를 씌워 논란이 된 사건)의 여파로 반유대주의 광풍이 득세하는 등 사회 분위기가 극단화되는 경향성이 노정되었다. 소설 속에서도 주인공과 주변 인물들 간의 대화를 통해 이러한 사회 문제들이 암시된다.

이 시기는 예술과 문화의 황금기로 인상주의와 상징주의 등 새로운 예술 사조가 등장한 시기이기도 하다. 소설에서는 프랑스 문학, 음악, 미술 등 예술의 다양한 변화상이 생생하게 드러나며 당대의 예술적 풍조가 다채롭게 묘사된다.

줄거리

❖

소설의 주인공 마르셀은 파리의 부르주아 출신으로 섬세한 감성을 지닌 문학 청년이다. 그는 어느 겨울날 추위에 떨다 집에 돌아와 홍차에 적신 마들렌을 먹게 되는데 그 순간 알 수 없는 감각이 온몸을 감싸며 연쇄적으로 어린 시절의 추억들이 머릿속에 생생히 떠오르는 특별한 경험을 하게 된다.

기나긴 회상의 여정은 소년 시절 매년 휴가를 보내던 전원 마을 콩브레의 두 갈래 산책길로 향한다. 그중 하나의 길은 부르주아 계급인 스완 씨 댁 별장으로 향하는 길이며 그곳에는 스완의 딸이자 마르셀의 첫사랑 질베르트와의 추억이 깃들어 있다. 또 하나의 길은 유서 깊은 명문 귀족 가문 게르망트 공작 부인의 저택으로 향하는 길이며 이는 순진했던 소년 시절의 동경과 로망을 상징한다.

마르셀이 첫사랑에 실패한 뒤 찾게 된 노르망디 해안은 사교계 인사들이 휴양을 위해 모여드는 곳이었다. 이곳에서 마르셀은 게르망트 가문 출신의 친구들을 만나 친분을 쌓기도 하고 한편으로 자신의 삶에 깊은 족적을 남긴 여인과 인연을 맺게 되기도 한다. 그 여인의 정체는 바로 한때 그의 인생을 뒤흔들었던 애증의 그녀 알베르틴. 마르셀은 그녀와 함께하며 천국과 지옥을 오갔던 감정의 롤러코스터를 소상히 기억해 낸다.

해맑고 아름다운 알베르틴을 곁에 두고도 그토록 괴로웠던 까닭은 무엇인가. 마르셀은 회상을 통해 그 원인을 자기 내부에서 찾는다. 알베르틴에 대한 마음이 커질수록 마르셀은 그녀와 관계된 모든 사실에 의미를 부여하며 곱씹었고 이것이 곧 집착으로 변질되었던 것. 그는 알베르틴의 행동을 끊임없이 의심했고 그녀를 소유하려는 욕망에 사로잡히곤 했다. 이럴 때마다 알베르틴은 마르셀의 질투를 태연하게 모른 척하거나 의도적으로 거리를 두며 그를 더욱 애타게 했다.

그녀와 동거하면서도 그녀를 완전히 소유할 수 없다는 좌절감과 고통에 지쳐 버린 마르셀은 마음에도 없는 결별 통보를 반복한다. 이별 결심은 매번 흐지부지되고 다툼과 재결합의 쳇바퀴 속에 둘은 감정을 소모한다. 그리고 어느 날 알베르틴은 편지 한 장을 남긴 채 진짜로 떠나버린다. 후에 마르셀은 그녀가 승마 사고로 중상을 입고 죽었다는 소식을 전해 듣는다.

마르셀은 그녀에 대한 기억을 통해 사랑의 본질을 탐구하며 관계에서의 자기중심적 태도를 반성하게 된다. 그녀가 세상에서 사라지고 나서야 비로소 그녀에 대해 오해 아닌 이해를, 그리고 애증 아닌 사랑을 하게 된 것이다.

알베르틴과의 일들을 비롯해 파란만장했던 지난날을 회상하며 마르셀은 과거와 미래를 현재와 나란히 병치하는 회상과 상상의 작업을 통해 잃어버렸던 시간을 되찾을 수 있음을 깨닫는다. 시간은 미완성인 채로 흘러가서 과거가 되어 버리지만 시간이 지나갔다고 해서 그 자체로 잃어버린 것은 아니라는 진실을 그는 발견한다. 먼 길을 돌아오기까지 온갖 고뇌와 상념에 시달렸으나 그런 시간들이 결코 헛되지 않았다는 것을, 그는 자기 자신의 인생을 글로 남기겠다는 다짐으로써 증명한다.

MBTI 분석

❖

마르셀(ISFP)

마르셀은 발달된 오감과 섬세한 관찰력을 바탕으로 순간을 사진 찍듯 생생하게 기억하고 묘사한다. 성찰과 내적 탐구에 집중하는 내향형으로, 자신의 감정을 회고하고 분석하며 과거의 경험을 재구성함으로써 이야기를 구성한다.

그는 풍부한 감수성과 섬세함으로 자연과 예술의 아름다움을 발견하고 묘사하는 데 탁월한 재능을 발휘한다. 동시에 상대방의 작은 표정 변화에도 매우 예민하고 민감하게 반응하고 이를 곱씹으며 고통과 불안감에 시달리기도 한다. 쉽게 질투와 염증을 느끼며 과도한 감정 소모로 무기력해지기 쉽다는 점은 그를 관계에 있어 약자로 만든다.

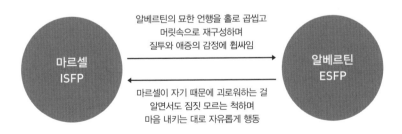

알베르틴한테서, 나는 이제 새롭게 알게 될 것이 하나도 없었다. 나날이 그녀의 아름다움이 덜해지는 것같이 보였다. 오로지 그녀가 남들의 정욕을 자극하였음을 알자 나는 다시 괴로워지기 시작하여, 그녀를 두고 남들과 다투고 싶어지고, 그때만 그녀가 내 눈에 깃발이 펄럭거리듯 돋보였다. 그녀는 내 고통의 원인은 될 수 있어도, 기쁨의 원인이 될 수는 없었다. 나의 권태스러운 애착은 오로지 고통에 의하여서만 존속한 것이다. 고통이 가시고, 그와 동시에 고통을 진정시킬 필요가 없어지면서, 나는 잔혹한 심심풀이처럼 나의 온 주의력을 모아서, 그녀는 나에게 있으나 마나, 나는 그녀에게 있으나 마나 한 존재일 것이 틀림없다고 느꼈다. 나는 이런 상태로 질질 끄는 게 불행스러워서, 이따금, 내가 완쾌할 때까지 두 사람 사이를 갈라놓을 만한 어떤 무시무시한 일을 그녀가 저질렀다는 사실을 안다면 얼마나 좋으랴 하는 생각까지 하였다.

알베르틴(ESFP)

알베르틴은 자유와 독립을 추구하며 구속받는 것을 싫어한다. 자유롭고 생동감 넘치며 신비로운 이미지로 묘사되는 그녀는 논리적인 판단보다는 순간순간의 감정과 충동에 따라 움직이는 타입이다. 특유의 천연덕스러운 장난기로 자신의 존재와 행적에 대해 모호함을 유지하여 그녀의 의도와 감정에 대해 끊임없이 의심하는 마르셀을 괴롭힌다.

알베르틴의 눈 속에 스파크가 튀어 솟는 게 보였다. 하지만 이제 와서 눈동자가 하는 말에 신경 쓴들 무슨 소용인가? 왜 진작 주목하지 않았는가, 어떤 종류의 눈은(평범한 인간의 경우에도) 그날에 가고 싶은 여러 장소—그리고 가고 싶어 하는 걸 숨기고 싶은 장소—가 있기 때문에 수많은 조각으로 이루어 있는 듯이 보이는데, 알베르틴의 눈도 그런 종류의 눈이라는 것을. 거짓으로 늘 깜빡거리지도 않는 수동적인 눈, 하지만 실은 동적으로, 가려고, 완강히 가려고 하는 약속 장소까지의 거리가 몇 미터 내지 몇 킬로미터인지 측정할 수 있는 눈, 마음 끌리는 쾌락에 미소 짓기보다 오히려 약속 장소에 가기 어려울까 봐 비탄과 낙심에 후광처럼 반짝반짝 빛나는 눈, 이러한 눈을 한 여성은, 설령 당신 손안에 안겨 있어도 도망치는 존재다.

그녀는 항상 흐트러져 있으며 자연스러운 무방비 상태로 마르셀을 받아들인다. 부산스럽고 변덕이 심하며 즉흥적인 성향으로 예측이 불가능하여 관계에서 끊임없는 갈등과 긴장을 유발하는 타입. 그녀는 마르셀이 제기하는 의혹에 대해 애써 설

명하려 하지 않는다. 곱씹고 집착하는 그의 성향을 짐짓 모르는
체하며 그가 마음대로 생각하도록 내버려두는 것이 그녀가 그를
고문하는 방식이다. 이러한 짓궂음과 가학성은 마성의 매력으로
마르셀을 휘어잡아 그를 쳇바퀴 같은 고통에 시달리게 한다.

변신

프란츠 카프카

작품 해제

◈

프란츠 카프카의 『변신』은 급속한 산업화와 도시화로 인해 인간 소외와 인간성 상실의 문제가 노정되던 20세기 초 유럽 사회를 배경으로 집필되었다. 주인공이 하루아침에 벌레로 변해 버린다는 파격적인 설정은 인간의 실존이 부정당하는 부조리한 상황에 대한 문제의식에 기반한다.

20세기 초는 유럽 전역에 전운이 감돌며 인간의 존재 의미를 탐구하는 실존주의 철학에 대한 관심이 높아지던 시기였다. 또한 이 무렵은 기계가 인간의 노동력을 대체하고 인간의 가치가 돈으로 환산되는 냉혹한 현실 속에 소외와 불안을 느끼며 자신의 실존에 의문을 제기하는 사회 분위기가 팽배해진 시기이기도 하다. 스스로가 왜 존재하는지 답을 찾을 수 없던 부조리의 시대.『변신』은 이러한 혼돈 속에 탄생했다.

『변신』의 비극적인 서사에는 작가가 직접 경험한 비참한 사건들 또한 영향을 미쳤다. 저자 프란츠 카프카는 유대계 독일인으로서 기구한 삶을 살았다. 폭군적인 아버지로 인해 늘 불안과 죄의식에 사로잡혀 있었고 동생들의 잇단 죽음을 겪으며 혼란스러운 유년기를 보냈다. 스물다섯에 입사한 노동자 상해보험회사에서는 노동 현장의 비참함을 목도했다. 파혼을 무려 세 번이나 겪었으며 폐결핵의 고통에 시달렸다. 그가 천착하는 개인의 고독과 실존에 대한 통찰은 삶의 경험에서 비롯됐기에 더욱 처절하고 애처롭다.

『변신』에서 벌레로 변하는 그레고르도 가족과 사회로부터 소외되어 고립과 무력감을 겪는다. 작품은 이러한 설정을 기반으로 인간 존재의 의미와 문제점을 탐구한다.

줄거리

◆

성실한 영업사원 그레고르 잠자는 어느 날 아침에 일어나자마자 거대하고 흉측한 벌레로 변한 자신의 모습을 발견한다. 그럼에도 그는 출근부터 걱정한다. 가족의 생계를 전적으로 책임지는 집안 가장이라는 막중한 책임감 때문이다. 그러나 출근은 커녕 몸을 가누기도 힘든 상황이다.

결국 회사의 지배인이 무단결근한 그의 집에 찾아온다. 가족들은 초조해하며 그레고르의 방문 앞에서 그가 빨리 나오기를 재촉한다. 그레고르가 힘겹게 몸을 추스려 문을 열고 나와 모습을 드러내자 직장 상사와 가족들 모두 충격과 공포에 사로잡힌다. 그레고르는 지배인에게 자초지종을 설명하려 하지만 그는 이미 쏜살같이 도망쳐 버린 상태. 아버지는 증오에 찬 표정으로 그레고르를 향해 지팡이를 마구 휘두르며 그를 방 안으로 밀어 넣는다. 그렇게 그레고르는 자신의 방에 갇혀 버리고 만다.

그레고르가 벌어오는 돈이 사라지자 가족들은 생계를 위해 직업 전선에 나서기 시작한다. 오랫동안 일을 쉬었던 가족 구성원들은 긴장모드에 돌입하여 각자 일자리를 구해 돈을 벌어 온다. 그레고르는 늘 귀를 쫑긋 세우고 거실의 대화를 엿들으며 늘 가족들을 걱정하지만 점차 그레고르의 월급 없이도 그의 가정은 생활의 안정을 되찾게 된다. 그렇게 집안 대들보로서 막중했던 그레고르의 역할은 점차 망각되어 간다. 그는 이제 그저 밥만 축내는 흉측한 식충이일 뿐이다.

어느 날 그레고르의 기괴한 모습에 새삼 놀라 어머니가 기절하자 아버지는 그레고르를 더욱 경멸하게 된다. 아버지는 깊은 혐오와 분노를 담아 손에 집히는 대로 사과를 그에게 투척한다. 사과는 그의 등에 박혀 썩어 간다. 상처 입고 악취가 진동하는 그레고르를 가족들은 더욱 냉대하며 방치한다. 그나마 그레고르를 챙겨 주던 여동생마저 그에게 소홀해진다.

그러다 결정적인 사건이 일어난다. 거실에 모습을 드러낸 그레고르의 벌레 형상을 보고 하숙인들이 놀라 항의한 것이다. 하숙이 취소되어 생계에 지장을 받게 되자 아버지는 분개하고 이제 여동생마저 그레고르를 적대시한다. 그레고르는 쓸쓸함에 몸을 떨며 어두운 방 안에서 차갑게 식어 간다.

가족들은 다음 날 아침 그레고르의 죽음을 확인하고 안도한다. 그들은 홀가분한 마음으로 피크닉을 떠나며 밝은 미래를 머릿속에 그린다.

MBTI 분석

그레고르 잠자(ESFJ)

가족을 위한 헌신과 배려에서 삶의 의미와 기쁨을 찾는 인물. 공동체 의식이 투철하며 가정의 평화와 안정을 최우선시한다.

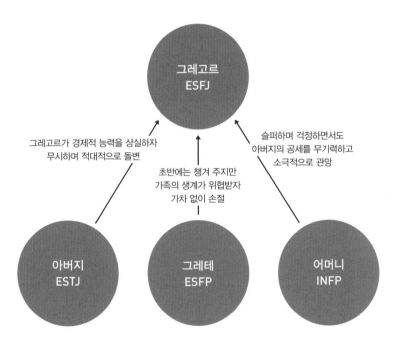

과로하면서도 자신을 위해서는 최소한의 용돈만 쓰고 나머지는 모두 집안 생계비로 내놓을 만큼 이타적이며 희생적이다. 자신이 벌어오는 돈을 당연시하는 가족 구성원들에게 서운함을 느끼기도 하지만 내색하지 않고 자신의 역할과 책임에 묵묵히 최선을 다하는 성숙한 인품을 지녔다.

그는 사업상의 불행으로 식구들이 절망적인 상황에 빠지는 일이 없게 하려고 애썼으며, 될 수 있는 대로 그 사실을 속히 잊어버리게 하려고 온갖 힘을 다 기울였다. 그래서 그는 당시에 아주 적극적이면서 열심히 일했으며, 그 결과 일개 점원에서 외무 사원으로까지 올라갔던 것이다. 외무 사원으로 일을 하다 보면 돈을 모을 수 있는 기회가 적지 않을 뿐 아니라, 일을 한 결과는 수수료 명목으로 즉시 현금으로 들어오곤 했다. 그 돈을 집으로 가져와서 탁자 위에 늘어놓고 식구들을 깜짝 놀라게도 하고 기쁘게도 해줬다. 그때는 정말 남부럽지 않을 만큼 가족 모두가 행복해했다. 그 후에도 그레고르는 온 가족의 생활비를 부담할 만한 많은 돈을 벌었고 또 생계를 유지해 나갔지만, 식구들은 그때처럼 기뻐하거나 행복해하지는 않았다.

벌레로 변한 뒤 하대당하지만 가족에 대한 연민과 애정을 잃지 않고 오히려 그들을 걱정하는 포용적인 면모가 엿보인다. 방에 갇힌 채 소외되어 홀로 보내는 시간이 많아지자 자신이 가족들을 위해 많은 것을 해줄 수 있었던 지난날을 행복하게 회상하며 스스로를 위로한다.

그레테 잠자(ESFP)

여동생 그레테는 활발하고 적극적인 성격을 지닌 인물로 그레고르의 이질적인 모습에도 거리낌 없이 그를 챙겨 준다. 모두가 내심 꺼리는 일에 힘든 내색 없이 앞장서는 그녀의 모습에서 가족에 대한 애정과 헌신, 그리고 책임감을 엿볼 수 있다. 그러나 그녀도 직업을 갖게 되어 바빠지고 그레고르와의 소통에도 난항을 겪으면서 그를 돌보는 일에 점차 소홀해지는 모습을 보인다.

그러던 중 그레고르가 가계 경제에 해를 끼친다는 판단이 서자 가장 기민하게 반응하는 사람이 바로 그레테다. 그레고르에 대한 연민보다는 늙어 가는 부모님에 대한 걱정과 안쓰러움이 더 컸던 것이다. 그녀는 자신과 가족의 미래를 위해 그레고르를 배제하려는 현실적인 결단을 내린다.

"내쫓아야 해요. 그렇게 하는 수밖에 다른 방도가 없어요. 아버지!

저것이 오빠라는 생각을 진작 버려야만 했어요. 우리가 이제껏 너무나 오랫동안 그렇게 생각해 왔던 것이 우리 자신의 불행을 키우고 만 거예요. 어째서 저것이 오빠란 말이에요? 만일 정말 오빠라면, 사람이 저렇게 흉측한 벌레와 함께 살 수 없다는 것쯤은 벌써 알아차리고 자기 스스로 어딘가로 사라져 버렸을 거예요. 그러면 오빠는 없어질망정 우리는 안심하고 살아 나갈 수 있고, 언제까지나 오빠를 소중하게 회상할 수 있었을 거예요. 그런데 저것은 우리를 못살게 굴 뿐 아니라 하숙인들까지 쫓아냈잖아요. 아마 나중에는 이 집 전체를 차지하고 우리까지 거리에서 잠을 자게 할 거예요."

아버지(ESTJ)

아버지는 감정보다는 이성과 실용성을 우선시하며 상황을 강압적으로 통제하려 하는 인물이다. 그레고르가 가족의 경제적 버팀목으로 돈을 벌어올 때는 그를 존중했으나 벌레로 변한 후 그가 경제적 능력을 상실하자 그를 짐짝처럼 하대한다. 철저히 결과 중심적으로 사고하는 냉정한 면모를 보인다.

그레고르는 겁에 질린 나머지 그만 그 자리에 발을 멈췄다. 앞으로 달아나도 별 소용이 없을 것 같았다. 아버지가 사과로 자기를 죽이려고 작정한 듯싶었기 때문이다.

아버지는 탁자 위에 있는 과일 접시에서 사과를 집어 주머니를 가득 채운 다음, 처음에는 겨누지도 않고 사과를 연달아서 마구 던졌다. 이 조그맣고 빨간 사과들은 전기 장치처럼 마루 위를 데굴데굴 굴러다니다가 서로 부딪치기도 했다.

그런데 살짝 던져진 사과 하나가 그레고르의 등을 스쳤는데, 다행히 빗나가서 크게 다치지는 않았다. 그러나 다음에 날아온 사과가 그레고르의 등에 박히고 말았다.

어머니(INFP)

어머니는 그레고르를 향한 애정과 연민을 가지고 있지만 벌레로 변신한 그의 모습에 적응하지 못하고 공포와 불안에 압도당한다. 그레고르에 적대적인 아버지가 주도하는 갈등 상황에 이끌려 가며 소극적인 대응으로 일관한다.

어머니가 숨을 내몰며 아버지에게로 달려온 것이었다. 그러는 도중에 치마와 속옷이 연달아 마룻바닥에 흘러내렸다. 비틀거리던 어머니는 흘러내린 옷들을 밟고서 필사적으로 달려 아버지 품을 파고들었다.—그때 그레고르의 시력이 말을 듣지 않았기 때문에 그 이상 쳐다볼 수가 없었다—어머니는 아버지의 뒷머리에 손을 얹으며 그레고르의 목숨을 살려 달라고 애원하며 매달렸다.

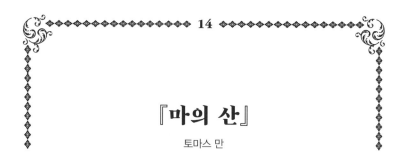

『마의 산』

토마스 만

작품 해제

◈

토마스 만의 장편소설 『마의 산』은 제1차 세계대전 발발 이전 유럽의 벨 에포크 시대(Belle Epoque)를 배경으로 한다. 이 무렵은 경제, 기술, 과학, 예술이 크게 발전하며 낙관주의가 팽배했지만 그 이면에 각국의 배타적인 민족주의와 팽창적인 제국주의가 득세하며 불안과 쇠락의 징후를 배태하던 시기다. 또한 유럽 전역에서 산업화와 도시화가 급격히 진행되면서 개인주의와 새로운 사상들이 대두하는 동시에 제국주의 열강들이 세계 각지에서 대립하며 전운이 짙어지던 시기이기도 하다.

소설이 전개되는 구체적인 시기는 제1차 세계대전 직전인 1907년에서 1914년까지로, 알프스 산중에 위치한 스위스 다보스의 한 폐결핵 요양원을 공간적 배경으로 한다. 요양원은 표면적으로는 격리와 회복을 위한 장소이지만 이면적으로는 유럽 사회의 쇠퇴와 병적 상태를 암시하는 은유적 공간으로서의 역할을 한다.

요양원에서는 엔지니어, 대부호, 문필가, 공산주의자, 낭만주의자 등 당대 유럽 사회의 다양성을 대변하는 여러 인물들이 치료를 받으며 서로 교류한다. 그들은 지상 공간과 유리된 요양원에서 시간, 죽음, 사랑, 질병, 정치, 문학과 예술, 이념과 사상, 그리고 인간 존재의 의미 등에 대해 탐구하며 철학적으로 사색하고 토론을 나눈다. 『마의 산』이 요양원에서 벌어지는 단순한 에피소드가 아닌 까닭은 주인공들이 주고받는 대화와 행위 속에서 20세기 초 유럽의 시대 변화와 인간 존재에 대한 깊은 성찰을 발견할 수 있기 때문이다.

줄거리

◆

주인공 한스 카스토르프는 함부르크 조선소에 취직이 확정된 23세의 독일인 엔지니어 청년이다. 그는 사촌인 요하임의 병문 안차 스위스 다보스 알프스 산맥에 있는 폐결핵 요양원 베르크 호프를 방문하게 되는데 도중에 폐결핵 증세를 보여 이곳에서 무려 7년의 시간을 보내게 된다.

그는 결핵을 치료하면서 요양원의 신비스러운 분위기에 젖어 지상에서와 달리 철학적으로 사색하며 성찰한다. 이 과정에서 그는 함께 치료를 받는 이탈리아 출신의 인문주의자 세템브리니에게 많은 감화를 받는다. 세템브리니는 자신의 지식으로 한스를 교육하는 한편 이곳 요양원에서 시간을 허비하지 말고 하루빨리 시민 세계로 복귀하라고 충고한다. 그러나 한스는 새겨 듣지 않는다.

은둔과 명상의 세계에 침잠해 가는 와중에 그는 요양원에서 만난 쇼샤 부인에게 빠져든다. 그는 그녀에게 사랑을 고백하고 그날 밤을 함께 보내지만 그다음 날 그녀는 떠나 버린다. 한스는 기약 없이 그녀를 기다린다. 거짓말처럼 그녀는 다시 요양원으로 돌아오지만 뜻밖에도 낯선 남자와 함께였다. 그 남자는 네덜란드인인 페퍼코른으로 범상치 않은 매력을 지닌 사내였다. 한스는 페퍼코른과 많은 대화를 나누며 그에게서 특별한 느낌을 받는다. 그러나 얼마 지나지 않아 그 남자는 뜬금없이 자살해 버리고 쇼샤 부인은 다시 요양원을 떠나 버린다.

한스는 허탈감에 빠지고 무감각 상태에 사로잡힌다. 그러던 중 제1차 세계대전이 터지고 한스는 비로소 긴 잠에서 깨어나듯 무기력을 탈피한다. 그는 세템브리니의 격려를 받으며 하산하여 전쟁터 한가운데에 선다. 죽음의 공간에서 벗어나 도달한 곳은 역시 죽음의 땅이었다. 그는 독일 민족의 가곡인 '보리수'를 흥얼거리며 저녁 어스름 속 빗발치는 포탄 속으로 사라진다.

MBTI 분석

◈

한스 카스토르프(ISTP)

그는 엔지니어로 지극히 현실적인 이과 청년이자 법과 규칙을 준수하는 평범한 독일 시민이다. 그러나 요양원에 입소한 후부터 사변적인 토론을 즐기며 사색적으로 변모해 간다. 그는 주

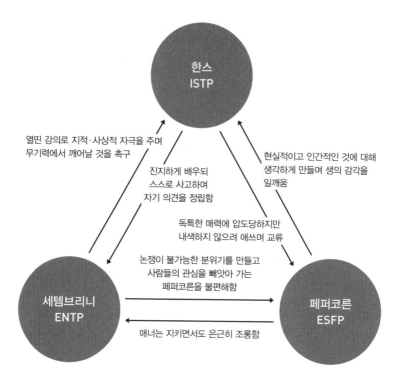

변 사람들의 대화를 경청하고 가끔씩 자기 의견을 피력하며 삶
의 진리에 다가가고자 애쓴다.

  한스에게 요양원에서 만난 인문주의자 세템브리니는 호기심
의 대상이다. 세템브리니가 다루는 주제는 한스가 원체 잘 모르
고 관심도 없던 내용들이기 때문이다. 엔지니어로서 자기 분야
에만 몰두했던 한스는 요양원에 들어서면서부터 보고 듣는 모

든 것에 열린 태도로 관심을 갖기 시작한다. 특히 시대상에 대한 비판과 독일의 제국주의에 대한 일침은 한스로 하여금 일종의 의무감을 느끼게 하며 그의 말을 경청하게 한다.

한스 카스토르프는 자신이 왜 세템브리니의 말에 귀 기울이는지 알고 있었다. 분명히 말로 표현한 것은 아니지만 그 이유를 알고 있었다. 내일이나 모레면 날개를 펴고 익숙한 질서 속으로 되돌아갈 거라는 생각에서, 어떠한 인상도 흔쾌히 받아들이고 사물들의 영향을 기꺼이 받아들이려는 휴가 중의 여행자와 청강생 입장에서 홀가분한 마음으로 그러기도 했겠지만, 거기에는 의무감 같은 것도 없지 않았다. 그러므로 이는 양심의 명령 같은 것이었다. 사실 그것도 자세히 말하면, 양심의 가책 같은 것이 지시하고 경고해서 이탈리아인의 말에 귀를 기울였다.

철학, 예술, 삶과 죽음의 문제 등을 포괄하는 세템브리니의 심오한 강의는 한스에게 강렬한 지적 자극을 선사한다. 그러나 한스는 세템브리니가 말하는 모든 것을 그대로 믿거나 모두 동의하지는 않는다. 그의 강의를 경청하면서도 한스는 이의를 제기하거나 자기 생각을 정리하는 데 점점 더 많은 시간을 할애한다. 진지하게 듣고 배우되 그의 견해에 물들지 말고 주체적인 사고를 정립하자고 그는 다짐한다.

　그는 눈보라 속에 스키를 타다 고립되어 죽을 고비를 넘긴 뒤부터 본격적으로 독립적인 내적 성찰에 파고든다. 더 이상 수동적으로 사변적인 논쟁에 휘말리지 않기로 다짐하며 그는 좀 더 실질적이고 인간적인 것의 의미에 대해 고찰하게 된다. 페퍼코른과의 만남은 그에게 신선한 생의 감각을 불어넣어 준다. 그는 마침내 요양원의 마성에 지배되어 있던 무력한 세월을 극복하고 그는 포탄이 휘몰아치는 현실 세계로 복귀한다.

　'인간은 죽음에 종속시키기에는 참으로 고귀한 두뇌의 자유를 가졌기 때문에 죽음보다 고귀한 존재야. 마찬가지로 인간은 삶에 종속시키기에는 참으로 고귀한 정신의 경건함을 가졌기 때문에 삶보다도 고귀하다. 이렇게 나는 하나의 시를, 인간에 관한 꿈결 같은 시를 지었다. 나는 이를 잊지 않을 것이며, 선하게 살고자 한다. 나의 생각에 대한 지배권을 죽음에 넘겨주지 않으련다! 착한 마음씨와 인간애의 본질은 이런 것에 있지, 다른 데 있지 않기 때문이다.'

로도비코 세템브리니(ENTP)
이탈리아 출신의 문필가로 명쾌하게 독설하는 스타일. 화려한 화술과 지적 자산을 뽐내는 달변가로서 이성적이고도 호전적이다. 자칭 계몽주의자로 자신이 옳다고 믿는 것에 대해 강하게 어필하며 일단 토론에 돌입하면 절대로 지지 않는다. 논쟁을 위한 논쟁 그 자체를 엄청나게 즐긴다. 개인주의적이며 은근히 남을 깔보는 구석이 있어 호불호가 갈리는 타입. 자존감, 자존심, 자부심 모두 지나치게 강하여 그를 부담스럽게 느끼는 이들이 적지 않다. 타인을 교육하고 교화하기를 좋아하며 이를 통해 삶의 보람과 이유를 찾는다.

"이보시오!" 세템브리니가 이탈리아어로 말했다. "여보시오! 결단을 내려야 할 때입니다. 유럽의 미래와 행복에 엄청난 파장을 미치는 결정입니다. 그리고 당신네 나라에서 이러한 결단이 내려질 거고, 그 결단으로 인해 당신네 나라의 영혼은 결실을 맺을 겁니다. 동방과 서방의 가운데에 위치한 독일이 선택해야 할 것이고, 독일의 본성을 얻으려고 다투는 두 세계 사이에서 최종적이고도 의식적으로 결단을 내려야 할 겁니다. 당신은 젊으니, 이러한 결정에 관여하게 될 거고, 결정에 영향을 미치도록 부름을 받을 겁니다. 그러한 의미에서 우리의 운명을 축복하기로 합시다. 당신이 이러한 끔찍한 장소에 떠밀려 와서, 그다지 미숙하고 무력하다고는 할 수 없는 나의 말로 유연한 당신의 젊은 영혼에 영향을 미쳐,

당신의 청춘과 당신네 나라가 세계 문명에 책임을 느끼게 하는 기회를 준 운명을 말입니다."

세템브리니는 자신의 말에 관심을 갖고 경청하는 한스를 열정적으로 교육한다. 한스에게 철학, 문학, 예술 등 다양한 분야의 지식을 소개하며 그가 인문학적 사색의 세계로 입문하도록 이끈다. 교육자로서 세템브리니의 태도는 냉정하고 단호하다. 때로는 한스의 무지를 조롱하거나 무시하기도 하고, 한스가 뭔가 말하려 할 때 "의견을 내세우려고 하지 말고, 잠자코 듣고 배우라"하며 다그치기도 한다. 표현이 좀 거칠긴 하지만 그는 기본적으로 한스가 잘되기를 바라는 마음을 가지고 있다. 그는 요양원에서 사색과 무기력에 익숙해져 가는 한스를 안타깝게 바라보며 현실 세계로 돌아갈 것을 권고한다. 그리고 마침내 한스가 요양원 퇴소를 결심하자 기쁜 마음으로 그의 앞날을 응원한다.

한편 세템브리니는 페퍼코른에 대해 노골적으로 불쾌감을 드러낸다. 아무리 열심히 떠들어도 페퍼코른이 "잘 들었습니다. 자, 이제 먹고 마십시다!" 하면 모두 그쪽으로 우루루 사라져 버리기 때문이다. 이러한 웃지 못할 광경은 고고한 이념과 추상보다 현실적이고 인간적인 것을 사람들이 더욱 원한다는 걸 보여

준다. 이 때문에 세템브리니는 페퍼코른만 나타나면 논쟁 중에
도 힘이 빠진다. 그가 언제나 자신에게서 의뭉스러운 방식으로
주도권을 빼앗아 가기 때문이다. 마치 전제군주처럼 지배적이
며 논쟁 자체를 불가능하게 만드는 페퍼코른 특유의 카리스마
를 세템브리니는 경멸한다. 사실 그는 압도당한 것이다.

민혜어 페퍼코른(ESFP)

식민지에서 사업을 하다가 은퇴한 일명 '커피왕'. 호쾌한 중년
의 네덜란드인으로 뭔가 대단해 보이는 풍모, 사람을 끄는 매력,
시선을 사로잡는 강렬한 인상과 제스처가 특징이다. 그는 자신
의 주변을 장악하는 타고난 리더로 사람들과의 관계에서 주도
권을 쥐는 타입이다. 술과 흥취를 즐기는 디오니소스적 인물로
서 종종 극적인 행동으로 자신의 내면을 드러낸다. 광기와 감각
적인 욕망을 지닌 다혈질 사나이.

민혜어는 폭포를 바라보고 우레와 같은 소리를 들으며 간식을 들
고자 했다. 이것은 권세가 당당한 그의 횡포였지만, 맛있는 음식
을 포기하지 않으려면 다들 그곳에 있을 수밖에 없었다. 대다수의
사람들은 볼멘 얼굴이 되었다. 세템브리니는 인간적인 의견 교환,
민주적이고 분명한 의사 표현이나 토론이 불가능하게 되자 머리

위로 손을 흔들면서 절망하고 체념한 몸짓을 보였다.

페퍼코른은 의도치 않게 세템브리니를 조롱한다. 아무리 세템브리니가 대단한 지식을 늘어놓으며 무게를 잡아도 페퍼코른이 "오, 그래요? 멋진 말이군요!" 하는 식으로 가볍고 유쾌하게 받아치면 그는 그저 현학적인 수다쟁이로 쭈그러든다. 페퍼코른이 세템브리니에 대해 딱히 악감정이 없으며 나름 정중히 매너를 잘 지키고 있음에도 그런 그림이 그려지는 것이다. 사실 그는 논객의 말을 잘 이해 못 할 뿐이다. 페퍼코른이 특유의 찢어진 입으로 세템브리니를 일컬어 '대뇌적 존재(대충 똑똑하다는 뜻)'라 일컬으면 조롱은 완성된다. 세템브리니의 잘난 척을 경멸하거나 아니꼬워하는 주변인들은 이러한 희화화에 고소함을 느끼며 페퍼코른을 따르게 된다.

한편 페퍼코른은 한스에게 실질적인 것, 현실적인 것, 인간적인 것의 중요성을 일깨우며 생의 감각을 자극한다. 산전수전 다 겪은 그는 한스가 초반에 자신을 견제한다는 걸 눈치채고 더욱 너그럽게 대하려 노력한다. 그는 한스와 쇼샤 부인의 관계를 알고 적잖이 충격을 받지만 내색하지 않으며 오히려 오버스럽게 대인배 코스프레를 한다. 그는 자신이 좀 더 젊고 건강했다면 라이벌인 한스에게 결투를 신청했겠지만 차라리 상황상 의형제를 맺는 게 어떻겠냐는 즉흥적이고 뜬금없는 제안까지 한다. 내부에서 치미는 감정의 동요를 엉뚱하고 유쾌하게 승화시키는 그에게 한스는 내심 경외감을 품는다.

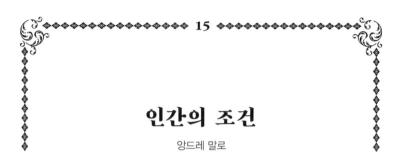

인간의 조건

앙드레 말로

작품 해제

◆

1927년 4월 12일 장제스를 중심으로 한 중국국민당 우파가
공산당 세력을 축출하기 위해 당내 좌파와 중국공산당을 탄압
한 4·12 상하이 쿠데타를 배경으로 서사가 전개된다.

소설의 전개를 이해하기 위해서는 세력 간 갈등이 쿠데타로
비화된 과정을 숙지해야 한다. 1925년 장제스가 이끄는 국민당
은 북방군벌을 토벌하기 위해 공산당과 손을 맞잡고 통일전선
을 조직한다. 1926년 장제스의 국민혁명군이 대규모 북벌을 개
시하고 토벌은 성공적으로 마무리되나 이질적인 두 세력(국민당

우파 vs. 국민당 좌파와 공산당) 사이에 갈등이 불거진다. 이들의 국공합작은 각자의 목적 달성을 위해 서로를 이용한다는 동상이몽을 전제로 한 아슬아슬한 결합이었기 때문에 깨지는 건 시간 문제였던 것이다.

공산주의자들을 이용해 상하이에서 실권을 장악한 장제스가 총구를 돌려 공산주의자들에 대한 대대적인 학살을 시작하면서 폭동은 시작된다. 이 같은 장제스의 배신과 폭압에 분노한 일부 공산주의자들이 타협하라는 코민테른의 지령을 거부한 채 무장하고 국민당 군에 맞선 것이다. 이것이 바로 상하이 쿠데타의 도화선이 된 상하이 폭동이다. 이 폭동을 주도한 좌익 혁명가들이 바로『인간의 조건』의 주역들이다.

줄거리
◈

『인간의 조건』은 중국 상하이 폭동을 주도한 혁명가들의 활동과 비극을 다룬 이야기다. 이념과 큰 목표를 공유하는 혁명가들이지만 이상의 구체적인 실현 방식은 각자 다르기에 갈등이 불거진다. 저자인 앙드레 말로는 이상주의자, 현실주의자, 철학자,

테러리스트 등 여러 인물 유형이 폭력과 죽음 앞에 각자 어떻게 대응하는가를 보여 주면서 인간을 인간이게 만드는 진정한 조건이란 무엇인가를 묻고 있다.

폭동을 주도하는 기요, 첸, 카토프 등 공산주의자들은 지도부의 지시를 거부하는 당내 소수파다. 그들은 폭동 수행을 위해 정부군으로 위장한 채 민간인들의 무기를 강탈하고 손에 넣은 무기를 자신들이 조직한 상하이 곳곳의 코뮤니스트 거점에 전달한다. 폭동 초반의 기세는 좋았지만 반란을 중지하고 타협하라는 한커우 코뮤니스트 본부의 지령이 떨어지자 그들은 갈피를 못 잡다가 장제스의 암살을 모색한다. 첸이 섣부르게 암살에 나서지만 실패한 채 현장에서 즉사하고 나머지 폭동 주도자들도 경찰에 체포되어 모진 고문을 당한다. 남겨진 이들 역시 독약을 삼키거나 불길 속에 뛰어들어 스스로 생을 마감한다.

이들은 각자의 신념과 가치관에 따라 행동하지만 혁명의 이상과 현실 사이에서 끊임없이 갈등하는 모습을 보여 준다. 목숨을 걸어야 하는 위험한 상황에서 그들이 보이는 가장 현격한 차이는 죽음을 대하는 태도와 죽음을 맞는 방식이다. 혁명이라는 극단적 상황이 인간적인 삶의 조건을 좌절시키기도 하지만 한편으로는 인간만이 보유한 고귀한 존엄성과 연대 의식을 발현하는 터전이 되기도 한다는 것을 말로는 혁명가들의 짧고도 치열한 생애를 통해 보여 주고 있다.

MBTI 분석

◆

기요(ENFJ)

기요는 북경대학교 교수 출신의 프랑스인 아버지 지조르 박사와 일본인 어머니 사이에서 태어난 낭만적인 지식인이다. 그는 자신이 옳다고 믿는 신념을 위해 목숨을 바치기로 결심하고 혁명의 대열에 뛰어든다.

기요는 테러리스트 가운데서도 온건하고 합리적인 성향을 지녔으며 대중과 연대하려는 지향성을 보인다. 그는 단순히 효율이나 논리에 따라 기계적으로 행동하지 않으며, 사람들의 감정과 고통에 반응하는 면모를 지녔다.

기요는 혁명을 수행하는 가운데 철저히 혼자임을 느끼며 깊은 고독을 느낀다. 가장 가까운 동지인 첸이 무기 중개상을 살

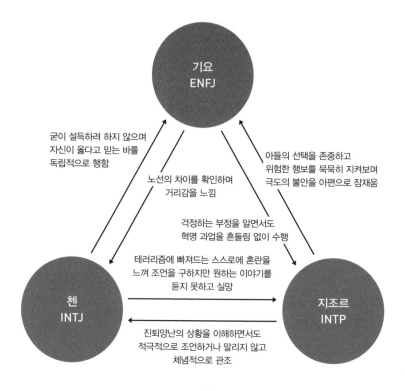

해한 뒤 극단적인 테러리즘에 경도되어 가는 모습을 손쓸 도리
없이 바라보며 거리감과 공허감을 느낀다.

　체에 대해 우정과 대립의 의식을 동시에 느끼고 있는 기요는 이
미 그와 함께할 수도 없고, 그에게서 떨어져 나갈 수도 없는 형편
이었다. 싸움터에서 맺어진 우애로써 함께 공격해야 할 장갑열차
를 눈앞에 바라보는 이 순간에도, 그는 자기와 첸의 사이가 갑자

기 갈라져 버릴 것만 같은 예감이 들었다. 자기 머릿속이 가장 맑을 때, 간질병이나 광증이 있는 친구에게서 별안간 발작의 징조를 느낀 것 같은 기분이었다.

그는 자신의 안위를 걱정하는 가족들에게조차 속마음을 터놓고 대화를 나누지 못한다. 아버지에게조차 작전 계획을 철저히 함구하며 거리를 두는가 하면 불륜 사실을 담담히 털어놓는 아내 앞에서 태연한 척하면서도 속으로는 쓸쓸함에 번민하기도 한다.

그는 고독 속에 고뇌하면서도 사회의 미래를 걱정하며 인간 존엄에 대한 경의와 희망을 품는다. 단순히 정치적 목적이 아니라 인간 존재의 의미를 찾으려는 철학적 동기에 기반하여 혁명을 이끄는 것임을 늘 마음에 새긴다. 그의 사고방식은 다소 관념적이고도 이상적이다.

그들이 받아들인 숙명은 밤의 정적처럼 부상자들의 신음과 더불어 치솟고 있었으며, 엄숙한 장송곡같이 기요의 온몸을 휘덮고 있었다. 그는 눈을 감고 단념한 육체 위에 두 손을 모아 놓고 있었다. 그는 이 시대에 있어서 가장 깊은 의의와 가장 큰 희망을 걸머지고 있는 사람들을 위해서 싸운 것이다. 그리고 지금 서로 손을 잡고 살아가자고 생각했던 자들과 섞여서 죽어 가는 것이다. 여기에 쓰러져 있는 누구나와 마찬가지로 자기의 생활에 의의를 부여했으므로 죽어 가는 것이다. 죽음을 각오할 수 없는 인생이 무슨 가치가 있겠는가?

그는 상하이 폭동이 실패로 끝난 후 새로운 폭동을 꾀하다가 반란죄로 잡힌 뒤 모진 고문을 받는다. 육체적 고통 앞에 나약해져 버린 자기 자신에 대해 회의하던 기요는 결국 신념을 지키기 위해 독약을 먹고 자결한다.

첸(INTJ)

첸은 암살자로서 가장 과격한 행동주의 테러리스트다. 그는 냉철하고 이념에 충실한 인물로 혁명이라는 대의명분을 위해 자신의 감정을 억누르며 극단적인 행동도 서슴지 않는다. 자신의 삶보다도 혁명의 이상을 더 중시하며 이를 위해 자기희생을 숙명으로 기꺼이 받아들인다.

테러리즘은 신비로운 신앙이 되어야 했다. 무엇보다도 먼저 고독하다는 것. 테러리스트는 혼자서 결정하여 혼자서 실행해야 한다.

경찰의 모든 힘은 밀고에 의해서 발휘된다. 혼자 행동하려는 살인자는 자기 자신을 밀고하지는 않는다. 그것은 최고의 고독이었다.

혁명 동지인 기요가 대중들과의 연대를 통해 혁명을 완수하려 하는 반면 첸은 적과 동지의 이분법으로 시대에 저항하려 한다. 기요와의 의견 대립이 커질수록 첸은 더욱 과격해진다. 그는 테러리즘과 암살 그 자체에 집착하며 때론 세상과의 단절감에 번민하면서도 자신만의 노선을 끝까지 견지한다.

첸에게 있어서 문제는, 짓밟히는 계급을 구하기 위해서 그들 가운데 우수한 자들을 그 계급 안에 붙들어 두는 일이 아니었다. 그 압박에 항거하고 쓰러져 가는 것, 그것에 의의를 주는 일이었다. 각자가 책임을 자각하고 지배계급의 생활을 비판하여야 한다. 희망을 잃은 개인에게 곧바로 나아갈 길을 알려 주고, 테러 행위를 더욱 늘려 가야 한다. 그것을 조직에 의하지 않고 사상에 의해 행하는 것이다. 말하자면 순교자를 재생하는 것이다.

첸의 광적인 신념은 결국 장제스 암살을 위해 폭탄을 안고 승용차에 뛰어드는 테러 행위로 이어진다. 승용차 내부에 장제스가 없었기에 암살은 실패하고 그는 결국 거사 현장에서 죽음을 맞는다.

지조르(INTP)

지조르는 혁명에 회의적인 태도를 가진 학자다. 그는 북경대 사회학과 교수 출신으로, 그 누구보다도 혁명에 관한 이론과 지식에는 정통하지만 현실 참여는 거부한다. 그는 직관적이고 철학적으로 통찰하는 전형적인 관념론자다.

그는 아들인 기요와 제자인 첸이 혁명에 투신하여 험난한 인생을 헤쳐 나가는 모습을 안타깝게 바라본다. 그는 그들의 선택에 전적으로 동의하지는 않지만 그들을 존중하며 돕고자 한다.

그는 자기 감정을 겉으로는 잘 드러내지 않지만 내면에는 온갖 상념과 고뇌가 가득하다. 특히 아들 기요의 목전에 다가온 죽음을 극도로 두려워하며 고뇌한다. 그는 특유의 도피적인 경향으로 아편에 의존하여 현실의 공포와 불안을 잊고자 하며, 기요가 죽음을 맞자 비로소 고통에서 해방된다.

'죽는다는 것에는 아름다운 무엇이 있다.' 지조르는 속으로 중얼거렸다. 그는 인간의 근원적인 고뇌가 자기 내부에서 떨고 있는 것을 느꼈다. 그것은 외계의 존재나 사물에서 오는 고뇌가 아니라 인간 자체에서 솟아오르는 고뇌, 삶이 우리를 거기서 벗어나게 하려고 노력하는 고뇌였다. 지조르도 그런 고뇌에서 빠져나올 수는 없었다. 그러나 그것은 오직 잊는 방법으로써만 가능했다. 그런데 그는 거꾸로 점점 더 그 속으로 빠져들어 갔다. 마치 그러한 무서운 명상이 죽음이 들을 수 있는 유일한 음성인 것처럼, 마치 그의 마음속까지 스며든 이 인간이라는 고뇌가 살해된 아들의 시체가 들을 수 있는 유일한 기도인 것처럼.

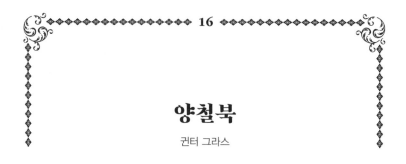

작품 해제

❖

『양철북』은 제1·2차 세계대전 시기 독일과 폴란드를 중심으로 한 유럽을 배경으로 하는 작품이다.

주요 서사가 펼쳐지는 지역은 독일과 폴란드 사이에 위치했던 단치히 자유시(Free City of Danzig, 현재 폴란드 그단스크 지역)로, 두 국가 간 첨예한 갈등으로 인해 제1차 세계대전 이후 국제연맹의 관할 아래 놓였던 지역이다. 소설은 전쟁의 발발과 전개 과정, 그로 인한 참상과 혼란상을 생생하게 그려 낸다. 특히 나치 독일의 침공과 유대인 학살, 전쟁으로 인한 파괴와 혼돈이 작품의 중요한 소재가 된다.

소설은 제1차 세계대전 이후의 독일, 즉 바이마르 공화국 (1919~1933) 시기를 배경으로 시작된다. 이 시기는 경제적 혼란과 정치적 불안이 극심했던 시기로 소설은 당시 대중의 불만과 아노미를 반영한다. 이어 나치 독일(1933~1945) 시기에는 나치즘의 부상, 반유대주의, 그리고 제2차 세계대전으로 이어지는 시대적 흐름이 묘사된다. 소설 후반부에서는 전쟁이 끝난 후 패전국 독일의 황폐화된 모습과 전후 복구 과정이 그려진다. 이 시기는 독일인들이 과거사 문제와 전쟁 책임론에 직면했던 때로, 작가는 이 시대를 살아가는 인간 군상의 도덕적 타락과 자기기만을 날카롭게 풍자한다.

줄거리
◆

명석한 두뇌를 지녔지만 생체 나이 3세에 머물러 있는 주인공 오스카. 그는 전쟁이라는 혼란한 시대상 속에 성장을 거부하고 자발적으로 지하실 층계에서 떨어져 신체장애를 얻은 기이한 인물이다. 그는 성인에 필적하는 지적 능력을 지녔으나 어린의 세계에 끼지 못하는 왜소한 외부자로서 소시민들의 위선과 도덕적 타락상을 비판적으로 관찰한다. 그의 관조적이며 냉소적인 시선은 전쟁의 비인간성과 부조리를 독특한 방식으로 그려 낸다. 사회 비주류로 내몰리기를 택한 오스카의 굴곡진 삶은 당대 역사의 비극과 복잡한 민족적·정치적 갈등을 상징적으로 보여 준다.

오스카는 세 살 생일 선물로 받은 양철북을 통해 자신의 감정을 표현한다. 그는 자신의 독특한 정체성과 자유, 저항정신을 상징하는 북을 활용해 주변 세계를 비판하고 자신의 목소리를 세상에 전달한다. 또한 그는 유리창을 깨뜨릴 수 있을 정도로 강력한 비명을 내지르는 초능력으로 세상과의 거리를 유지한다. 이 같은 그의 기괴한 행동들은 스스로를 고립시키는 동시에 책임 없는 자유를 누리게 한다.

오스카의 관찰 대상인 가족 및 주변 인물들은 시대의 희생자이자 가해자로 묘사되며, 그들의 이야기는 독일 역사와 복잡하게 얽혀 있다. 어머니 아그네스 콜야이체크와 폴란드인 사촌 얀 브론스키의 오랜 불륜 관계를 알면서도 방관하는 오스카. 그는 브론스키가 자신의 진짜 아버지일 거라 추정한다. 어머니가 불의의 사고로 세상을 떠나고 브론스키도 단치히 폴란드 우체국 방어전에서 체포되어 처형당하자, 법률상의 아버지이자 나치당원인 알프레트 마체라트만이 오스카의 유일한 보호자로 남는다. 오스카는 가정부로 들어온 마리아와 육체관계를 맺지만 그녀가 마체라트와 혼인하자 좌절한다.

제2차 세계대전이 끝나 가는 와중에 마체라트마저 소련군에게 사살되자 오스카는 스스로 중단했던 성장을 재개하기로 결심한다. 마체라트의 장례식에서 양철북을 집어던지고 새로운 삶을 살기로 다짐한 오스카. 그의 키는 조금 자라나지만 동시에 등에 혹이 솟아나며 기이한 모습으로 변모한다. 그가 브론스키의 처형(폴란드의 패배를 상징)과 마체라트의 사살(나치 독일의 몰락을 상징)을 겪고 홀로 남겨진 채 곱사등이가 된 모습은 두 차례의 전쟁이 휩쓸고 간 뒤 초토화된 유럽 대륙의 황폐함을 상징한다. 결국 오스카는 트라우마에 시달리다 결국 정신병원에 수감된다.

MBTI 분석

❖

오스카 마체라트(INTJ)

오스카는 고독 속에서 자신만의 세계를 구축하는 인물이다. 그는 주위 사람들로부터 의도적으로 거리를 두며 철저히 자기 중심적으로 행동한다. 그는 자신만의 공간을 확보한 채로 마치 이방인처럼 세상을 관조한다. 그는 그 누구에게도 공감하지 않

음으로써 당대 소시민들에 대한 저항과 비판을 드러낸다. 또한 그는 주도면밀하게 자신이 혐오하는 대상을 파괴하는 잔혹함을 보인다.

어린아이의 양철북을 쳐서 나와 어른들 사이에 필요한 거리를 만들어 낼 수 있는 능력은 내가 지하실 층계에서 추락한 뒤 바로 무르익었고, 또한 동시에 소리를 고음으로 유지하고 진동시키면서 노래하고 외치며, 외치면서 노래 부를 수 있게 되었다. 그래서 고막을 쨍쨍 울리는 나의 북을 아무도 빼앗으려고 하지 않았다. 북을 빼앗기면 큰 소리를 지르고, 큰 소리를 지르면 아무리 비싼 것이라도 박살이 나버리기 때문이다. 나는 노래로 유리를 부술 수 있었다. 내 고함은 꽃병을 깨뜨렸다. 내 노래는 유리창에 금이 가게 하여 바깥바람이 멋대로 드나들게 했다. 내 목소리는 순결하기 그지없어 가차 없는 다이아몬드처럼 유리 천장을 자르고, 소리를 잃는 일 없이 유리 찬장 안으로 들어가 사랑하는 사람의 선물인, 엷게 먼지를 쓴 고귀하고 조화를 이룬 유리잔에 폭행을 가했다.

그는 나치 독일이 득세하고 패망하는 과정을 철저히 이기적인 관점으로 묘사할 뿐 그 정치적 함의에 대해서는 딱히 묻거나 따지지 않는다. 별다른 대안 없이 그저 자기만의 세계에 침잠한 채 시대의 부조리를 냉소하는 것이다. 그가 성장하기를 거부하는 것도 행동하지 않을 자유를 확보하기 위한 전략의 일환으로 해석할 수 있다.

인생을 살면서 무지를 가장하기란 결코 쉽지 않았다. 어린아이처럼 야뇨증에 걸린 시늉을 수년 동안 하는 일보다 훨씬 더 어려웠다. 야뇨증이라면 실제로는 있지도 않은 증세를 아침마다 보여 주기만 하면 되니까. 하지만 무지를 가장한다는 것은 나에게 있어서 급속한 진보를 일부러 감추고, 눈뜨기 시작한 지적 허영심과 끊임없이 싸우는 것을 의미했다.

얀 브론스키(ISFP)

브론스키는 섬세한 감성을 지닌 폴란드인으로 우체국에 근무하는 평범한 남성이다. 나치 독일에 억압받는 폴란드 민족주의를 대변하는 상징적인 인물이다. 그는 소시민적인 생활을 영위하는 가운데 불륜으로 소일하며 즐거움을 찾는 소극적이며 개인주의적인 성향을 지녔다.

고상하고, 언제나 조금 가련해 보이며, 직업에서는 겸손하고, 애정에서는 야심 차며, 어리석은 동시에 탐미적인 얀 브론스키. 내 어머니의 육체에 의해서 살고, 내가 오늘날까지 믿으면서도 의심하고 있듯이 마체라트의 이름으로 나를 낳은 얀, 그가 바르샤바의 양복점에서 지은 듯한 우아한 외투를 입고 서 있었다.

그는 특유의 공감 능력 덕에 오스카의 기이한 행동을 이해하려 노력하는 유일한 어른으로 묘사된다. 그는 오스카와 무언의 유대감을 공유한다. 오스카는 브론스키가 자신의 진짜 아버지라고 거의 확신하며 대체로 호의적인 태도를 보이지만, 유약하며 겁도 눈물도 많은 그를 은근히 조롱하고 농락하기도 한다.

심장을 드러낸 예수의 모습을 처음 보았을 때, 나는 곧 대부이자 삼촌이며 또한 진짜 아버지로 추정되는 얀 브론스키와 구세주가 놀랄 만큼 닮은 사실을 확인할 수밖에 없었다. 순진하게 자의식으로 차 있는 공상가의 저 푸른 눈! 금방이라도 울음을 터뜨릴 듯한 저 활짝 피어나는 장밋빛 입술! 눈썹에 나타나 있는 사나이다운 고뇌! 얻어맞고 싶어 하는 혈색 좋은 두 뺨, 두 사람 다 여성이 애무하지 않고는 견딜 수 없는 옆얼굴을 갖고 있었다. 그리고 연약하고 피로한 양손은 일하기 싫어하는 고운 손으로서, 궁정 전속 보석상의 걸작과 같은 성흔(聖痕)을 보이고 있었다.

알프레트 마체라트(ESTJ)

독일인 마체라트는 현실적이고 기회주의적인 성향을 지녔으며 나치 체제에 협력하는 인물이다. 그는 전형적인 소시민으로서 식료품점을 운영하며 실리적이고 안정적인 삶을 추구한다. 부조리한 시대에 대한 비판 의식 없이 맹목적으로 나치를 추종하는 모습은 오스카의 시선을 통해 냉소적으로 묘사된다. 시대상을 아랑곳 않고 한 푼이라도 더 버는 데 혈안이 된 모습은 조롱과 희화화의 대상이다.

나는 언제까지나 세 살 아이이고, 엄지손가락만 한 꼬마이며, 키가 크지 않는 난쟁이로 남았다. 그것은 대소의 교리(敎理)와 같은 구별에서 해방되기 위해서이며, 172센티미터의 성인이 되어 거울 앞에서 수염을 깎고 있는 아버지(마체라트)가 요구하는 억지 장사꾼이 되지 않기 위해서다. 마체라트의 소원대로 하면 스물한 살의 오스카가 어른 세계로 들어간다는 것은 식료품상이 되는 것을 의미했으므로, 현금을 짤랑거리는 장사꾼이 되지 않기 위해서 나는 북에 매달려 세 살 생일 이후 단 1센티미터도 자라지 않았다.

그는 보수적이며 권위적이다. 가정에 대한 통제 성향이 강하고 모범적인 가장으로 군림하려 하지만 위선과 허영으로 인해 가족 구성원들의 냉소를 받는다. 특히 아들인 오스카를 인격체로 대우하지 않고 무시하는 처사로 오스카 내면의 혐오와 분노를 유발한다. 그는 오스카의 반항적 태도와 기묘한 행동을 이해하지 못하고 묵살하려 들며 이로 인해 부자간의 거리는 더욱 멀어진다.

마체라트는 결코 너의 외견상의 아버지조차 아니다. 이 사나이는 전혀 상관없는 남으로서 동정할 가치도 미워할 가치도 없는 사나이다.

자신과 육체 관계를 맺은 가정부 마리아를 마체라트가 아내로 맞아들이자 오스카의 분노는 극에 달한다. 오스카는 마체라트가 자신의 생부가 아님을 비로소 강하게 확신하며 그를 자신과 아무런 상관 없는 남으로 치부한다. 또한 마리아가 임신한 아기가 마체라트의 자식이 아닌 자신의 아이가 확실하다고 믿고 마체라트에 대한 극단적인 증오와 경멸을 키운다. 그러나 현실적으로 어린 아이의 외형을 지닌 오스카가 성인 남성인 마체라트에 대항해 할 수 있는 것은 아무것도 없는 상황. 결국 오스카는 소련군이 집안에 들이닥친 결정적인 상황에서 마체라트에게 나치 당원 뱃지를 무심히 건넴으로써 그의 처참한 죽음에 간접적으로 일조한다.

살아 숨 쉬는
고전 속 인물들

이 책을 쓰기 위해 작품들을 다시 한번 찬찬히 읽어 보았습니다. MBTI라는 도구로 등장인물들을 분석하며 읽으니 마치 한 권 한 권 처음 읽는 책처럼 새롭더군요. 캐릭터 하나하나가 살아 숨 쉬며 다가와 제게 말을 거는 듯한 생동감이 느껴졌습니다. 마치 타임머신을 타고 시간여행을 하며 책 속 주인공들과 함께 서사에 동참하는 것만 같은 특별한 느낌에 푹 빠졌죠. 소설 속 인물들 중 누구랑은 친하게 지내고 싶고 또 누구랑은 거리를 두고 싶다는 나름의 판단이 생기는 것도 흥미로웠고요. MBTI를 염두에 두며 행간을 읽는 건 박제되어 있던 소설 속 인물들에 생명을 불어넣는 작업이었습니다. 덕분에 그 어느 때보다 재미있게 책을 읽고 또 즐겁게 집필하는 소중한 시간을 누릴 수 있었습니다.

MBTI라는 도구는 과학적이지는 않지만 한 인간의 세계관과 가치관을 파악할 수 있도록 돕는 하나의 지평을 제공합니다. 나 스스로와 상대방에 대해 더 잘 이해하고 다름을 받아들이며 모두가 조화롭게 공존하는 세상을 지향한다는 것이 MBTI 개발자들의 본래 목적이기도 했듯이 말이죠. MBTI는 우리에게 누군가에 대해 생각할 계기를 만들어 주기 때문에 진정 가치가 있습니다. 이 책을 활용할 때도 마찬가지입니다. 고전을 읽는 데 있어 MBTI는 거들 뿐, 중요한 건 여러분의 고유한 사고와 비판 의식을 발전시키는 것임을 항상 잊지 않으셨으면 합니다.

고전이란 의무감과 책임감을 동반하는 무거운 단어처럼 느껴질 때가 많죠. 고루하고 난해하지만 왠지 꼭 읽어야만 할 것 같은 부담을 주기에 더욱 멀어 보이기도 합니다. 하지만 사실 동서고금을 막론하고 사람 사는 건 다 비슷하다는 것이 고전의 핵심 메시지임을 이해한다면 한 번쯤은 꼭 읽어 보고 싶어질 겁니다. 기왕이면 쉽고 재미있는 접근 방법을 택하는 게 현명하겠죠. 이 책에서 제안하는 MBTI 접근법은 흥미와 유익함을 모두 잡기 위한 하나의 방식입니다. 이 책을 기반으로 고전 원문을 펼쳐 읽으며 여러분 자신의 의견을 발전시켜 보시기를 권합니다. 등장인물 하나하나에 대한 진지한 호기심을 갖고 책을 읽어 나가다 보면 작품 속의 시공간에서 그들과 함께 숨 쉬고 있는 스스로를 발견할 수 있을 것입니다.

서울대 권장도서,
MBTI로 읽다

글 임수현
발행일 2025년 3월 30일 초판 1쇄

발행처 디페랑스
발행인 노승현
책임편집 민이언
출판등록 제2011-08호(2011년 1월 20일)
주소 서울특별시 마포구 양화로81 320호
전화 02-868-4979 팩스 : 02-868-4978

이메일 davanbook@naver.com
인스타그램 @davanbook

ISBN 979-11-94267-23-2 03800

＊「디페랑스」는「다반」의 인문, 예술 출판 브랜드입니다.